www.tredition.de

AF202018

ElviEra Kensche

PLATTGEMACHT !!!

www.tredition.de

© 2019 ElviEra Kensche

Verlag & Druck: tredition GmbH, Halenreie 40-44,
22359 Hamburg

ISBN
Paperback: 978-3-7497-4224-0
e-Book: 978-3-7497-4226-4

Im Allgemeinen spende ich den Reinerlös meiner Bücher. Das möchte ich auch in diesem Fall tun.

Wohin die Spenden fließen, kann ich aus taktischen Gründen aber hier noch nicht preisgeben, denn dann würde ich die Auflösung der Geschichte vorwegnehmen. Am Ende wird man es sich denken können.

ElviEra Kensche

Vorwort

Die Idee zu dieser Geschichte hatte mein verstorbener Mann. Er hat sich von mir gewünscht, dass ich sie schreibe und ich antwortete ihm, ich kann das nicht, denn zum damaligen Zeitpunkt habe ich nur Lyrik geschrieben.

Und dann, nach seinem Tod, schrieb ich die Geschichte doch. Mit einem Mal kamen die Worte wie von selbst und ich habe dabei viel an ihn gedacht.

Ich wusste zu Anfang nicht, ob ich sie jemals veröffentliche. Aber ich glaube, ich bin es ihm schuldig.

Personen

Kommissar Friedrich Stern

Kommissaranwärterin Claudia Braun

Gerichtsmediziner Dr. Grausig,
genannt Frankenstein

sein Gehilfe Fritz

Polizeiobermeister Jens Kaiser

Polizeimeister Markus Heine

Polizeimeisterin Nicole Klett

Polizeimeister Frank Grote

drei weitere Polizisten

ein Abschleppwagenfahrer

und seine Kollegen

Kriminaloberrat Waldemar Huber

Max Hahn, Reporter Abendkurier,
gen. der flotte Gockel

Hubschrauberbereitschaft:

Hauptkommissar Karl Baier

Pilot Klaus Kramer

Dr. Stefan Schwarz

sein Sohn Tim, genannt Timmy

Frau Schmidt,
Haushälterin bei Dr. Schwarz
Frau Sonnig, Timmys Klassenlehrerin
Dr. Wipper, Stationsarzt
Außerdem
Reporter von Zeitung, Rundfunk
und Fernsehen
Willy Schumann, ein betrunkener
Autofahrer
ein Zirkusdirektor
ein Zirkusangestellter
Herr Kruse, Pförtner im Institut von
Dr. Schwarz
zwei städtische Mitarbeiter

Prolog

„Komm Timmy, trödele nicht schon wieder." Dr. Stefan Schwarz blickt in das Zimmer seines 12-jährigen Sohnes. Tim sitzt auf dem Fußboden, im Arm einen kleinen Plüschigel. Diesen Igel hatte der Junge von seiner Mutter zum zehnten Geburtstag bekommen. Kurz darauf starb sie bei einem Autounfall. Seitdem kümmert sich Dr. Schwarz allein um seinen Sohn, der unter dem Asperger Syndrom, einer Form des Autismus, leidet. Tim steht auf und zieht seine Jacke an. Sein Vater will ihn an die Hand nehmen, aber er zuckt zurück. Berührungen kann er nicht ertragen. Tim trottet langsam hinter ihm her zum Auto. „Wir müssen uns beeilen, Timmy", sagt Dr. Schwarz, „ich muss heute früher im Labor sein." Timmy setzt sich ins Auto. Er redet nicht, wie es seine Art ist. Plötzlich fängt er an zu zittern. Vor ihnen liegt ein toter Igel.

Die Eingeweide quellen heraus. „Warum passen die Autofahrer nicht auf. Versprich mir, Papa, nie einen Igel zu überfahren." „Du weißt doch, ich fahre immer vorsichtig.", beruhigt ihn sein Vater.

Stefan Schwarz setzt Tim an der Schule ab. „Denk daran, nicht trödeln", ermahnt er ihn. „Nimm gleich den Bus um vierzehn Uhr und fahre direkt nach Hause. Ich versuche, nicht so spät zu kommen." „Ist gut, Papa." Aber Tim ist schon wieder in seiner eigenen Welt.

Kommissar Friedrich Stern schüttelt mit dem Kopf. So etwas hat er in seinem ganzen Berufsleben noch nicht gesehen. Vor ihm liegt ein roter Blechhaufen, der wohl mal ein Auto war. Die Marke kann man nicht mehr erkennen. Das Fahrzeug ist platt wie eine Briefmarke. Dahinter stauen sich mehrere Fahrzeuge, die aufeinander gefahren sind.

Aus dem ersten Wagen steigt ein völlig verwirrter Mann. „Herr Kommissar, ich habe keine Schuld", stammelt er, „ich habe vor Schreck gebremst, als ich die Flunder vor mir sah und dann sind die anderen Autos auf mich drauf gefahren."

Kommissar Stern beruhigt ihn. „Wahrscheinlich hätte jeder andere auch auf die Bremse getreten, das ist eine ganz natürliche Reaktion. Nur gut, dass keiner ernsthaft

verletzt ist. Außer vielleicht der Fahrer dieses....", er zögert und zeigt auf das flache Etwas vor ihm. „Vielleicht konnten eventuelle
Insassen fliehen. Sonst hatten sie keine
Chance. Es sieht aus, als ob eine Dampfwalze über den Wagen gefahren ist."

In diesem Moment fährt ein Abschleppwagen vor und parkt an der Seite. Ein junger Mann im Overall steigt aus. „Na Chef,
gibt es wieder etwas zu tun für mich?", sagt
er betont lässig. Dann sieht er auf den de-
molierten Wagen und wird leichenblass.
„W....was ist das?", stammelt er. „Soll ich
den etwa noch abschleppen?"

Kommissar Stern antwortet ihm: „Bringen Sie diesen traurigen Rest zur kriminal-
technischen Untersuchungsstelle. Und beruhigen Sie sich, Sie haben doch sicher
schon oft schwere Unfälle gesehen. Und
sorgen Sie dafür, dass die anderen Wagen

abgeschleppt werden, soweit sie nicht mehr fahren können." „Ja, ja, natürlich, ich rufe gleich in der Firma an. So etwas, nein aber auch." Der Fahrer ist noch immer blass. Doch langsam beruhigt er sich, steigt in seinen Wagen und lässt den Abschleppkran herunter. Dann nimmt er das Fahrzeug und hievt es vorsichtig auf seinen Anhänger. Schnell fährt er an, als sei er froh, diesem Grauen entkommen zu sein.

Kommissar Stern wendet sich an seine Mitarbeiterin Claudia Braun: „Rufen Sie bitte Dr. Grausig an, er soll dabei sein, wenn das Fahrzeug untersucht wird. Er kann sicher besser beurteilen, ob es menschliche Überreste gibt." „Habe ich schon erledigt, Chef", sagt diese sofort und Kommissar Stern ist wieder einmal froh, sie an seiner Seite zu haben. Dabei war er am Anfang gar nicht begeistert, als sie ihm vor ein paar Wochen als frisch gebackene Kommissaranwärterin „aufgedrängt" wurde. Er ist ein alter Hase, der sich nicht gern in die Karten schauen lässt. Und dann auch noch auf so ein „Küken" aufpassen, die Vorstellung war ihm schrecklich. Doch mittlerweile hat er sie schätzen gelernt. Sie hat eine gute Auffassungsgabe und lernt schnell, denkt er und findet mittlerweile, dass sie gut zusammenarbeiten können. „Na, dann wollen wir mal. Den Rest können die Kollegen von der Autobahnpolizei erledigen." Kommissar Stern steigt in sein Fahrzeug und Claudia Braun nimmt auf dem Beifahrersitz Platz. „Ich möchte unbedingt dabei sein, wenn die Sardinenbüchse geöffnet wird."

Wenige Minuten später hält sein Wagen auf dem Parkplatz der KTU. In der Werkstatt wird gerade begonnen, das Fahrzeug seitlich aufzuschneiden. Dr. Grausig und sein Gehilfe beobachten das Ganze. In diesem Moment kommen Kommissar Stern und Claudia Braun zur Tür herein. „Ob noch jemand im Wagen saß?", flüstert Stern seiner Mitarbeiterin zu. Dr. Grausig hört es, schaut ihn an und entgegnet: "Na, auf jeden Fall wird er jetzt nicht mehr sitzen, sondern bequem liegen." Er ist für seinen trockenen Humor bekannt und sein Spitzname Dr. Frankenstein kommt nicht von ungefähr. Dann wird der obere Teil vorsichtig abgehoben. Was nun zum Vorschein kommt, lässt selbst den hartgesottenen Kommissar Stern erschauern. Er muss ein würgendes Gefühl unterdrücken. Claudia Braun steht mit zitternden Beinen neben ihm.

Im Fahrzeug sitzt ein Mann, oder das, was noch von ihm übrig ist. Er ist bis zur Unkenntlichkeit zusammengedrückt, Eingeweide quellen heraus. Dr. Grausig ist so leicht nicht zu erschüttern, aber dieser Anblick verschlägt selbst ihm die Sprache. Er überlässt es seinem bulligen Gehilfen Fritz, der zwar nicht mit großem Geist gesegnet, aber sich für keine Arbeit zu schade ist, die Leiche vorsichtig in den bereitstehenden Sarg zu heben. „Wann kann ich mit ersten Ergebnissen rechnen?", fragt Stern ihn vorsichtig. „Bei diesem Zustand wird es etwas dauern, bis ich Ihnen genaueres mitteilen kann." Mit diesen Worten verlassen Dr. Grausig und sein Gehilfe die Werkstatt. Kommissar Stern und Claudia Braun folgen ihnen wortlos.

Um drei Uhr am nächsten Morgen wird Kommissar Stern unsanft aus dem Schlaf gerissen. Am Telefon ist Claudia Braun. „Chef, Sie müssen sofort kommen, selbe Stelle wie gestern." „Was ist los? Noch ein plattes Auto?" „Sie müssen es sich selbst anschauen", Claudia Braun klingt sehr aufgeregt. Kommissar Stern steigt missmutig aus dem Bett. Doch wenn Frau Braun ihn so dringend anruft, muss es einen guten

Grund geben. Er nimmt sich keine Zeit für Dusche und Frühstück. Katzenwäsche und ein schneller Schluck kalter Kaffee von gestern muss reichen.

Zehn Minuten später sitzt er in seinem Wagen und fährt zur schon bekannten Stelle. Er steigt aus und will gerade lospoltern: „Was gibt es denn so Dringendes, dass Sie mich mitten in der Nacht wecken?" Doch die Worte bleiben ihm im Hals stecken. Er sieht die Antwort selbst. Vor ihm liegen drei Autos, platt wie das von gestern. „Das gibt es doch nicht. Fährt tatsächlich jede Nacht jemand mit einer Dampfwalze über die Autobahn? Oder sind hier Außerirdische am Werk." Kommissar Stern lacht gequält, obwohl ihm nicht danach zumute ist. Die Untersuchung gestern durch Dr. Grausig hat noch nichts ergeben, was weiterhelfen könnte.

Wieder steht der junge Mann vom Abschleppdienst bereit. Er hat diesmal gleich zwei Kollegen mitgebracht. Alle drei sehen grün im Gesicht aus. „Nun reißen Sie sich aber mal zusammen. Sie kennen das doch schon." Kommissar Stern wird ärgerlich. Aber eigentlich kann er die Männer auch verstehen. Ihm ist auch nicht gut. Zumal er noch nicht gefrühstückt hat.

„Ach, da ist ja auch Dr. Frankenstein", versucht er seine Unruhe zu verbergen und begrüßt Dr. Grausig. Der stützt die Hände in die Hüften und schüttelt den Kopf. „Bei meiner Ehre als Pathologe, ich kriege heraus, wer oder was dahintersteckt."

In der Zwischenzeit sind die Wagen aufgeladen worden und bereit zum Abtransport. Zum Glück hat es diesmal keine Auffahrunfälle gegeben. Na, wenigstens etwas, denkt Kommissar Stern.

Kaum wieder im Büro angekommen, läutet das Telefon. Dr. Grausig ist am Apparat. „Ich habe DNA-Spuren gefunden", ruft er aufgeregt. „Na, dann werden wir den Kerl ja bald haben." Kommissar Stern lacht. „Ich bin gespannt, mit welchem Mordwerkzeug er die Autos platt macht."

„Sie irren sich", die Stimme von Dr. Grausig wird leise, „es ist keine menschliche DNA."

Kommissar Stern wird bleich und auch Claudia Braun, die mitgehört hat. „Keine menschlichen Spuren? Aber das mit den Außerirdischen war doch nur ein Scherz."

„Es muss ein Tier gewesen sein. Irgendetwas Riesengroßes hat sich auf die Autos gesetzt." „Ein Tier?", Kommissar Stern wird nachdenklich. „Gibt es im Moment einen

Zirkus in der Stadt? Könnte ein Elefant ausgebrochen sein?"

Claudia Braun sitzt schon am Computer.
„Der Zirkus Lirarum gastiert auf der großen
Festwiese, seit vorgestern." „Na, das könnte
hinkommen, wir werden ihm mal einen Besuch abstatten." Kommissar Stern erhebt
sich. „Schnell, vielleicht können wir die
nächsten Opfer verhindern." Schon ist er an
der Tür und Frau Braun folgt ihm. „Meinen
Sie nicht Chef, der Zirkus hätte gemeldet,
wenn ein Tier ausgebrochen wäre?" „Na ja,
wissen Sie, Zirkusleute sind eigen. Vielleicht versuchen sie auf eigene Faust, das
Biest einzufangen, um keinen Ärger zu bekommen." Das klang logisch. Vielleicht
hatte der Zirkus auch irgendetwas zu verbergen. Ein geschütztes Tier, was er nicht
halten durfte.

Kurze Zeit später sind sie an der Festwiese angelangt. Kommissar Stern steuert auf einen jungen Mann zu, der gerade mit einem Korb Fleisch auf dem Weg zum Löwenkäfig ist und hält ihm seine Polizeimarke unter die Nase. „Wir müssen sofort zum Direktor, wo können wir ihn finden?" „Da hinten im großen Zelt, er probt gerade mit den Elefanten." Der junge Mann zittert. Offensichtlich ist er illegal hier. „Keine Angst, wegen Ihnen sind wir nicht hier", beruhigt Kommissar Stern ihn. „Holen Sie den Direktor bitte heraus. Auf Elefanten habe ich keine Lust." Er dreht sich zu Frau Braun um: „Meinen Sie, ein Elefant könnte mit seinem Gewicht ein Auto zerdrücken?" „Jedenfalls habe ich davon noch nichts gehört, Chef.", erwidert sie, „das müsste schon ein sehr großes Exemplar sein."

In diesem Moment kommt der Zirkusdirektor aus dem Zelt. Er sieht genau so aus, wie in schlechten Spielfilmen, denkt Kommissar Stern, dick und schmierig. Freundlich kommt er auf die beiden zu. „Was kann ich für Sie tun, mein Herr und schöne Dame?" Er will gerade ansetzen, Claudia Braun einen Handkuss zu geben. Sie entzieht ihm schnell die Hand und er blickt enttäuscht. „Vermissen Sie vielleicht einen Elefanten. Oder ein anderes Riesentier?" Unter dem bohrenden Blick des Kommissars scheint der Direktor kleiner zu werden. Er reibt sich die Hände. „Wie kommen Sie darauf? Bei uns ist alles in Ordnung." Er zieht ein Papier aus der Brusttasche. „Hier, alles genehmigt, auch sechs Elefanten. Sie sind alle im Zelt. Ich probe gerade. Sie können sich davon überzeugen. Und noch größere Tiere haben wir nicht, ehrlich."

Kommissar Stern blickt Frau Braun an. „Na, dann müssen wir wohl doch. Mal sehen, ob es wirklich noch sechs Tiere sind.

Es gibt doch eine Absperrung?" Er ist nicht ängstlich, aber seit er die flach gedrückten Autos gesehen hat, wird ihm bei dem Gedanken an riesige Elefanten doch mulmig zumute. „Keine Sorge, Herr Kommissar. Es ist ein Schutzgitter aufgestellt. Kommen Sie." Der Direktor läuft auf seinen kurzen dicken Beinen voraus und die beiden folgten ihm.

Da stehen sie, sechs Elefanten, ein imposanter Anblick. Trotzdem ist es unvorstellbar, dass ein Tier so viel Kraft aufbrachte, ein Auto wie eine Briefmarke zu zerdrücken. Kommissar Stern blickt Claudia Braun fragend an: „Was meinen Sie, können Sie sich vorstellen, dass es einer dieser Dickhäuter war?" „Nein Chef, ich glaube nicht." Claudia Braun schaut fasziniert auf die Elefanten. Sie liebt Tiere, egal welcher Art. „Na gut, brechen wir auf. Hier scheint ja alles in Ordnung zu sein."

Der Direktor scheint sichtlich erleichtert. „Sie können sich auf mich verlassen. Hier passiert nichts Unrechtes, Herr Kommissar."

Claudia Braun wirft noch einen Blick auf die Elefanten. „Schöne Tiere", murmelt sie. „Na, ich kann mir angenehmere Haustiere vorstellen", grummelt Kommissar Stern. Er ärgert sich, weil die Fahrt umsonst war. Sie sind kein Stück weitergekommen. Plötzlich wird Claudia Braun nachdenklich. „Erinnern Sie sich noch an den Film Jurassic Park, Chef?", fragt sie verlegen. „Dinosaurier sind weit größer als Elefanten." „Nun hören Sie aber auf. Sie glauben doch nicht im Ernst an die Auferstehung der Dinosaurier?" Claudia Braun wird rot. „Nein, nein. Nur in unserer Situation denkt man doch über jede Möglichkeit nach." Kommissar Stern klopft ihr jovial auf die Schulter. „Na Mädchen, wir zwei sind doch ein gutes

Team. Wir finden heraus, was dahintersteckt, wetten?" So sicher, wie er tut, ist er sich keineswegs, aber er will seine junge Mitarbeiterin beruhigen.

Sie sind am Wagen angelangt und fahren zurück zur Dienststelle. Kommissar Stern blickt auf seine Armbanduhr, Achtzehnuhrdreißig. „Wissen Sie was. Es war ein langer Tag. Wir machen Feierabend. Hoffen wir, dass wir nicht wieder mit einer Hiobsbotschaft geweckt werden." Claudia Braun atmet erleichtert auf. Sie scheint erschöpft zu sein. „Dann bis morgen, Chef."

Zu Hause angekommen bedauert Friedrich Stern nicht zum ersten Mal, nie geheiratet zu haben. Es wäre schön, jemanden zu haben, der einen empfängt und dem man von seinen Sorgen erzählen könnte. „Ach, alter Brummbär", schilt er sich selbst,

„wirst du auf Deine alten Tage noch sentimental?"

Er zieht die Jacke aus, schaltet den Fernseher ein und geht in die Küche. Der Kühlschrank weist gähnende Leere auf. Na ja, wenigstens ein Bier ist noch da. Dann muss wohl wieder der Pizzadienst ran. Plopp, die Bierflasche öffnet sich und er lässt den kühlen Gerstensaft durch die Kehle rinnen. Das tut gut. Dann ruft er den Pizzadienst an und bestellt sein Abendbrot. Dort weiß man schon, was seine Lieblingssorte ist. „Wie immer Commissario mit viel Salami und eine Extra Portion Peperoni?", hört er Luigi am anderen Ende der Leitung. „Ja, wie immer, und packen Sie noch eine Flasche von meinem Rotwein dazu." Kommissar Stern legt Heute will er sich nicht mehr stören lassen.

Im Fernsehen läuft gerade eine Magazinsendung. Groß und reißerisch wird über die mysteriösen Todesfälle auf der Autobahn berichtet. „Die Polizei tappt weiter im Dunkeln" hört er. „Ach, Ihr Klugscheißer, wisst Ihr denn, wer oder was die Autos platt macht? Ihr seid auch nicht schlauer", brummt er wütend und greift zur Fernbedienung. Endlich findet er eine Quizsendung. Das ist die richtige Entspannung zum Feierabend. Vielleicht kann er dann wenigstens für eine Weile die Arbeit und die Toten vergessen.

Es klingelt. Der Pizzabote kommt und bringt ihm das Gewünschte. „Lassen Sie es sich schmecken, Commissario."

Kommissar Stern bezahlt den Boten und will es sich mit dem Pizzakarton auf dem Sofa bequem machen. Halt, denkt er, soviel Zeit muss sein. Er geht mit dem Karton in die Küche und gibt die Pizza ordentlich auf einen Teller. Dann nimmt er sich Besteck aus der Schublade, geht zurück ins Wohnzimmer und holt sich ein Glas und den Korkenzieher aus dem Barfach im Schrank. Mit Vorfreude auf den guten Rotwein entkorkt er die Flasche und gießt sich ein. Gerade will er den ersten Bissen der Pizza in den Mund schieben, als das Telefon läutet. „So ein Mist", grummelt er, „nicht mal in Ruhe essen kann man." Mit einem Stöhnen erhebt er sich und geht zum Telefon. Der wachhabende Polizist seiner Dienststelle ist dran. „Wir haben gerade eine Meldung hereinbekommen, Chef." Kommissar Stern wird bleich. „Noch ein platter PKW?" „Schlimmer", kommt es aus dem anderen Ende der Leitung, „diesmal hat es einen Reisebus erwischt. Er soll platt wie eine Flunder sein." „Sofort einen Wagen zu mir." Kommissar Stern brüllt es fast ins Telefon.

„Ich habe schon etwas getrunken. Und informieren Sie bitte Frau Braun. Wir können sie auf dem Weg mitnehmen."

Das war's also mit dem gepflegten Abend bei Rotwein und Pizza. Friedrich Stern schiebt sich rasch ein Stück in den Mund. Sie ist kalt geworden und schmeckt nicht mehr. Vielleicht ist es auch der Gedanke an einen Bus voller platt gedrückter Menschen, der ihm den Appetit vergehen lässt. Er zieht seine Jacke an und geht vor die Haustür. Da kommt auch schon der Wagen und er steigt rasch ein. „Fahren Sie noch zur Curd-Jürgens-Straße, Frau Braun einsammeln", sagt er zum Fahrer, „und dann wollen wir uns das Desaster mal ansehen."

Als sie vor dem Haus ankommen, in dem Claudia Braun ihre Wohnung hat, sieht er sie schon vor der Tür stehen. Rasch steigt sie ein und dann geht es in rasanter Fahrt zum Unfallort. Tatsächlich wieder dieselbe Ecke.

Der Anblick, der sich ihnen bietet, lässt ihnen das Blut in den Adern gefrieren. Da liegt tatsächlich ein Reisebus. Er ist bis auf zehn Zentimeter zusammengedrückt. Blut läuft an allen Seiten heraus. „Die Insassen hatten keine Chance", hört er Dr. Grausig sagen, der bereits vor Ort ist. „Haben Sie mittlerweile die leiseste Ahnung, um was es sich handeln könnte?", fragt Kommissar Stern. „Sie haben zwar gesagt, die gefundene DNA stammt nicht von einem Menschen, aber das ist mir einfach zu wenig." Dr. Grausig verdreht die Augen. „Ich weiß es nicht. So etwas ist mir in meiner ganzen Laufbahn noch nicht vorgekommen. Langsam glaube ich, Dinosaurier sind auferstanden." „Ach Papperlapapp", Kommissar Stern wird wütend. „Das ist doch Unsinn. Frau Braun redet auch schon so etwas

Dummes daher. Es muss eine ganz natürliche Erklärung für alles geben. Ich erwarte morgen Ihren ersten Bericht, damit ich den Aasgeiern von der Presse etwas präsentieren kann." Dr. Grausig stöhnt auf. „Ich tue, was ich kann, aber ich bin auch nur ein Mensch."

Kommissar Stern sieht Frau Braun an. „Was halten Sie von der Sache, glauben Sie immer noch an die Auferstehung der Dinosaurier?" „Ich glaube gar nichts mehr, Chef." Claudia Braun ist leichenblass. „Erst einmal müssen wir uns etwas für die Presse überlegen. Lassen Sie uns zurück ins Büro fahren. Ich habe keine Ahnung, was wir morgen auf der Pressekonferenz sagen können. Hoffentlich gibt uns unser Frankenstein noch einen kleinen Hinweis." Mit seiner schnoddrigen Art versucht er, Claudia Braun ein wenig aufzulockern. Sie tut ihm leid. Das ist wohl alles etwas viel. Galant öffnet er die Beifahrertür und lässt sie einsteigen.

Willy Schumann wankt aus seiner Stammkneipe. Es ist zwei Uhr morgens. „Verdammte Weiber", schimpft er vor sich hin. Er ist an seinem Wagen angelangt. Mit zitternden Händen versucht er, die Fahrertür aufzuschließen. Endlich schafft er es und lässt sich auf den Sitz fallen. Die Rücksitze sind voll mit Koffern und Tüten. Seine Frau hat ihn am Mittag vor die Tür gesetzt. Sie konnte seine Weibergeschichten nicht mehr ertragen. Vor lauter Frust hat er sich den ganzen Nachmittag volllaufen lassen.

Willy Schumann lässt den Kopf auf das Lenkrad sinken und überlegt: Wo kann ich heute übernachten? Da fällt ihm sein Freund August ein. Der wohnt zwanzig Kilometer entfernt und er muss ein Stück über die Autobahn. Nach fünf Minuten ist es ihm gelungen, den Schlüssel ins Schloss zu stecken und zu starten. Mit quietschenden Reifen fährt er los, Richtung Autobahn. Er ist diese Strecke schon oft gefahren und kennt sie im Schlaf oder anders ausgedrückt, auch in betrunkenem Zustand. Mechanisch fährt er weiter. Es ist nicht viel los um diese Zeit. Doch dann passiert etwas Unglaubliches. Was ist das? Willy Schumann reißt die Augen auf und ist plötzlich stocknüchtern. Er greift zum Handy und ruft die Nummer des Polizeinotrufs. „Vor mir sind zwei Riesen.....", stammelt er. Weiter kommt er nicht.

„Hier ist gerade ein merkwürdiger Notruf eingegangen, Markus." Polizeiobermeister Jens Kaiser sieht kopfschüttelnd zu seinem Kollegen, Polizeimeister Markus Heine. „Vor mir sind zwei Riesen.....,", dann brach das Gespräch ab. Es kam eindeutig von einem Handy in einem Fahrzeug. Ich habe die Fahrgeräusche gehört." „Ob das etwas mit den mysteriösen Todesfällen zu hat? Lass uns Kommissar Stern anrufen."

Schon will Jens Kaiser die Nummer wählen, doch Markus Heine unterbricht ihn. „Der hat in den letzten Tagen kaum geschlafen. Lass uns erst einmal einen Streifenwagen losschicken. Die sollen den Autobahnabschnitt überprüfen, auf dem die Vorfälle waren." Jens Kaiser pflichtet ihm bei und sie alarmieren die Kollegen, die im Dienst sind.

Kurze Zeit später machen sich die Diensthabenden Beamten, Polizeimeisterin Nicole Klett und Polizeimeister Frank Grote auf den Weg. „Was meinst du Nicole, ob dieser Anruf wirklich etwas mit den anderen Fällen zu tun hat?" Nicole antwortet zögernd: „Mir wäre es lieber, wenn es eine andere Erklärung gibt. Nach allem, was ich gehört habe, soll der Anblick nicht schön gewesen sein, Frank."

Einige Minuten später sind sie auf der Autobahn. Schon von weitem sehen sie etwas Ungewöhnliches. Ein Rücklicht ist vor ihnen zu sehen, aber es befindet sich wenige Zentimeter über dem Boden. Sie fahren näher heran. Vor ihnen liegt ein blaues Stück Blech. „Plattgemacht", sagt Nicole zu ihrem Kollegen. „So eine Scheiße", rutscht es Markus heraus. „Lass uns die Wache anrufen. Die sollen es Kommissar Stern beibringen." Während er telefoniert sichert Nicole die Unfallstelle weiträumig ab. „Hallo Jens, Markus hier", hört sie ihren Kollegen. „Ihr hattet Recht. Hier liegt ein plattes Etwas, das wohl mal ein Wagen war." „Bleibt da, bis Kommissar Stern kommt", antwortet Jens Kaiser. „Ich rufe ihn an." Dann schaut er zu seinem Kollegen. „Es hilft nichts. Wir müssen Kommissar Stern wecken. Es sieht so aus, als habe das Unheil wieder zugeschlagen."

Friedrich Stern ist gerade eingeschlafen. In seinen Träumen geistern riesige Monster durch die Stadt, die alles mit ihren Füßen zertreten. Unruhig wälzt er sich hin und her. Da klingelt das Telefon. Benommen wacht er auf. War das Klingeln jetzt im Traum oder nicht? Doch es klingelt hartnäckig weiter. Er schält sich aus seiner Decke und nimmt den Hörer auf. „Ja Stern, was gibt es schon wieder?" Dann ist er hellwach. „Der Fahrer hat gesehen, was vor ihm war?" „Ja, anscheinend", antwortet Jens Kaiser, „aber er konnte es nicht mehr sagen. Der ist mausetot und platt wie die anderen." „Ich bin gleich da. Rufen Sie Dr. Grausig an." „Nein, Frau Braun lassen sie schlafen", antwortet er auf die Frage von Jens Kaiser. „Ich brauche sie morgen ausgeruht bei der Pressekonferenz. Es reicht, wenn ich wie ein verschlafener Penner aussehe." Friedrich Stern zieht sich schnell an und eilt zur Garage.

Unterwegs grübelt er über den Fall nach. Ihm will einfach keine Erklärung einfallen. Ich glaube, ich bin in einem Horrorfilm gelandet. Es muss sich doch verdammt noch mal herausfinden lassen, was es mit diesen mysteriösen Fällen auf sich hat. Was ist mit der DNA, die Frankenstein entdeckt hat? Ich muss ihn gleich mal fragen, ob er bei der Untersuchung der Insassen aus dem Reisebus irgendwie weitergekommen ist. Inzwischen ist er angekommen. Polizeimeisterin Klett und ihr Kollege Grote stehen abseits mit grauen Gesichtern. Er geht auf die beiden zu. „Wann ist der Notruf eingegangen?" Nicole antwortet ihm: „Laut Polizeiobermeister Kaiser um zwei Uhr fünfzehn. Fünf Minuten später sind wir losgefahren und haben das hier entdeckt. Schrecklich." Sie zeigt auf den traurigen Rest des blauen Wagens, der mittlerweile auf dem Abschleppwagen liegt. Der junge Fahrer, der schon beim ersten Mal abgeschleppt hat, steht mit hängenden Schultern neben seinem Fahrzeug. „Ich kündige", stammelt er, „oder ich lasse mich ins Lager versetzen."

Am nächsten Tag ist die Pressekonferenz. Mit müdem Gesicht sitzt Friedrich Stern an seinem Platz, neben ihm Claudia Braun. Kurz zuvor hat er sie über die Ereignisse der letzten Nacht informiert.

Kriminaloberrat Waldemar Huber betritt den Raum. Hinter ihm erscheint Dr. Grausig. „Na Stern, Doktor, können Sie schon sagen, was wir der Presse mitteilen?", fragt Huber mit finsterem Gesicht. „Wir müssen versuchen, die Meute hinzuhalten. Wir wissen einfach noch zu wenig", antwortet Friedrich Stern nervös. Im Stillen denkt er sich, wenn wir mehr wüssten, würde Huber ja doch die Lorbeeren einheimsen.

Dann geht die Tür auf und die Leute von der Presse strömen herein. Alle großen Zeitungen und auch alle Provinzblätter haben ihre Mitarbeiter abgesandt. Dazu noch Reporter von Funk, Fernsehen und sozialen Netzwerken. Rasch füllt sich der Raum und es wird laut. „Ruhe bitte", ruft Kriminaloberrat Huber und für einen Moment wird es still. Dann meldet sich der erste Reporter zu Wort. „Mein Name ist Max Hahn vom Abendkurier. Können Sie uns schon näheres zu den unheimlichen Todesfällen sagen?" Sein Blick geht nach vorn und bleibt bei Claudia Braun hängen. Er lächelt. Huber ergreift das Mikrofon. „Meine Leute arbeiten rund um die Uhr, glauben Sie mir. Aber die einzige greifbare Spur, die wir haben.......", Dr. Grausig unterbricht ihn. „Gestatten Sie, Herr Kriminaloberrat, dass ich die Spur erkläre?" Huber verzieht das Gesicht, überlässt dann aber Dr. Grausig das Mikrofon. „Meine Damen und Herren", Dr.

Grausig blickt auf die gespannt vor ihnen sitzenden Reporter, „um Spekulationen vorzubeugen. Es handelt sich mit Sicherheit nicht um außerirdische Monster. Die Vermutung liegt aber nahe, dass es sich um ein oder mehrere große Tiere handelt. Ich habe bei den Opfern DNA-Spuren gefunden, die darauf schließen." Tumult bricht im Saal aus. „Was sollen das für Tiere sein?", ruft eine Reporterin, „Riesenelefanten?" Alle rufen durcheinander. Kriminaloberrat Huber schlägt mit der Faust auf den Tisch. „Meine Damen und Herren, wenn wir näheres wissen, werden Sie es unverzüglich erfahren. Das verspreche ich Ihnen. Für heute ist die Pressekonferenz beendet." Er steht auf und verlässt den Saal. Kommissar Stern und Dr. Grausig folgen ihm und lassen die murrenden Presseleute zurück. Nur Claudia Braun bleibt noch. Sie schaut zu dem jungen Reporter, der die erste Frage gestellt hat. Er bleibt im Saal zurück, als alle anderen ihn verlassen und geht auf sie zu. „Entschuldigen Sie, darf ich mich vorstellen, ich heiße Max Hahn." „Ich weiß", antwortet Claudia Braun, „Sie sind vom Abendkurier." „Sie haben sich meinen Namen gemerkt, wie schön. Verraten Sie mir auch Ihren Namen?" „Claudia Braun", antwortet sie und leicht verärgert bemerkt sie, dass sie rot wird. Max sieht sie an. „Sie sind mir aufgefallen, weil Sie so blass und ruhig waren. Die ganze Sache nimmt sie wohl sehr mit." „Eigentlich darf ich mit Ihnen nicht darüber reden", antwortet Claudia Braun, „aber Sie haben Recht. Die Sache nimmt mich mit. Ich bin halt noch nicht so abgehärtet." Max Hahn blickt ihr in die Augen. „Wollen wir einen Kaffee zusammen trinken?" Gern würde Claudia die Einladung annehmen. Doch sie muss zurück ins Büro. Kommissar Stern wird sie sicher schon vermissen. Max lässt nicht locker. „Dann vielleicht heute Abend? Ich kenne ein nettes kleines Lokal.

Wir könnten einen Cocktail trinken." Claudia Braun hat schon lange keine Beziehung mehr gehabt. Kein Wunder bei ihrem Job. Max war ihr sofort sympathisch. Sie weiß selbst nicht, was mit ihr geschieht, aber er zieht sie in ihren Bann. „Na gut", sagt sie schließlich, „aber ich komme direkt dorthin. Wenn Sie mich vom Büro abholen, bekomme ich vielleicht Ärger. Und wir reden nicht über den Fall." „Einverstanden", sagt Max und gibt ihr die Adresse des Lokals. Sie verabreden sich für zwanzig Uhr. Dann verabschieden Sie sich und Claudia eilt schnell ins Büro.

Kommissar Stern erwartet sie schon und schaut sie vorwurfsvoll an. „Wo waren Sie denn? Ich habe aus den Augenwinkeln gesehen, dass sie mit Max Hahn gesprochen haben. Wissen Sie, dass er der flotte Gockel in Kollegenkreisen genannt wird? Sie haben doch nicht über den Fall gesprochen?"

Claudia wird rot. „Nein, nein Chef. Wir haben uns privat unterhalten." „Privat?", Friedrich Stern runzelt die Stirn. Für ihn sind Reporter nur auf Schlagzeilen aus. Er mag sie nicht. „Lassen Sie uns zu Dr. Frankenstein gehen", sagt er mürrisch. „Vielleicht hat er mittlerweile etwas gefunden, das uns weiterhilft."

Der bullige Gehilfe von Dr. Grausig ist gerade dabei, eine eben untersuchte Leiche zurück in die Kühlkammer zu schaffen. „Alle meine Kühlkammern sind belegt." Dr. Grausig schaut die beiden verzweifelt an. „Noch ein Fall und ich muss anbauen." Seinen sonst so trockenen Humor scheint er verloren zu haben. „Und wissen Sie denn nun schon mehr?" Kommissar Stern ist ungeduldig. „Die Pressekonferenz vorhin können wir ja erstmal vergessen. Die Reporter werden uns im Nacken sitzen. Ich habe Angst, dass die wildesten Gerüchte um sich greifen und Panik unter der Bevölkerung ausbricht." „Hier, Kommissar, sehen sich das an." Dr. Grausig zeigt auf einen großen Tisch, der an der Wand steht. Darauf liegt ein länglicher Gegenstand, wie ein riesiger Zahnstocher. „Haben Sie eine Ahnung, was das sein könnte?" Friedrich Stern reibt sich nachdenklich sein Kinn. „Wenn ich nicht wüsste, das kann nicht sein, würde ich denken, es ist ein Stachel von einem Igel." „Sehen Sie, das war auch mein erster Gedanke", sagt Dr. Grausig gedankenverloren. Dann mehr zu sich selbst: „Ich werde irgendwann noch verrückt. Ein Igelstachel, so ein Blödsinn." Claudia Braun schaut die beiden Männer an. „Ich werde im Internet nachsehen, ob es ein Stacheltier gibt, welches riesige Ausmaße hat. Vielleicht hat irgendein verrückter Tiersammler etwas aus seinem Urlaub mitgebracht und es wurde ihm unheimlich." „Ja, tun Sie das bitte", pflichtet ihr Friedrich Stern bei. „Vielleicht bringt uns das ja weiter. Obwohl, es müsste schon ein sehr großes exotisches Tier sein. Und nun wollen wir Sie nicht länger stören. Aber sobald Sie weitere Neuigkeiten haben, unterrichten Sie mich bitte sofort." Damit verlassen sie Dr. Grausig und seinen Gehilfen und gehen zurück ins Büro.

Claudia Braun setzt sich sofort an den Computer. Nach einer halben Stunde blickt sie auf. „Nichts Chef, es gibt kein riesiges Stacheltier, das in der Lage wäre, solch ein Unheil anzurichten. Vielleicht will uns jemand auf eine falsche Fährte locken." „Lassen Sie uns für heute Schluss machen", antwortet Friedrich Stern. „Wenn wir eine Nacht über die Sache schlafen, fällt uns vielleicht doch noch etwas ein. Und viel Spaß heute Abend." Claudia wird verlegen. Stern ist doch ein alter Fuchs, denkt sie, er hat durchschaut, dass ich mich mit Max verabredet habe. Doch laut sagt sie nur „Danke

Chef und Ihnen auch einen schönen Abend." Dann verlässt sie erleichtert das Büro. Nun hat sie noch genug Zeit, um sich frisch zu machen und umzuziehen. Bei dem Gedanken an heute Abend bekommt sie Herzklopfen. Wie ein Teenager, denkt sie wütend, aus dem Alter bin ich doch wohl raus.

Zu Hause macht sie sich erst einmal einen Kaffee und lässt den Tag Revue passieren. Sie versucht, die schlimmen Ereignisse zu verdrängen, aber es fällt ihr schwer, abzuschalten. Umso mehr freut sie sich auf den Abend. Claudia geht zum Kleiderschrank. Was soll ich anziehen, überlegt sie wie jede Frau. Dann entscheidet sie sich für ein schlichtes blaues Kleid, das ihr besonders gut steht. Wie lange habe ich das nicht mehr getragen? Sie überlegt. Auf der Abschiedsparty der Polizeischule, ja, ich habe mit Peter getanzt. Ich weiß gar nicht, was aus ihm geworden ist.

Claudia schaut auf die Uhr. Es ist mittlerweile neunzehn Uhr. Jetzt muss sie sich beeilen. Schnell unter die Dusche, frisches Make-up, dann zieht sie das Kleid über. Sie betrachtet sich im Spiegel. Eigentlich sehe ich gar nicht so schlecht aus. Etwas müde vielleicht. Kein Wunder. Wenn ich zum Schlafen komme, tauchen immer diese schrecklichen Bilder auf und ich wache schweißgebadet auf. Aber heute versuche ich, den Abend zu genießen. Ich hoffe, es gelingt mir. Sie ruft ein Taxi und geht beschwingt aus der Wohnung.

Das kleine Lokal, das Max Hahn ausgesucht hat, kennt sie noch nicht, es macht aber von außen einen netten Eindruck. Max steht vor der Tür und empfängt sie mit strahlendem Gesicht. Er reicht ihr galant den Arm und führt sie hinein. Wie ein Kavalier alter Schule, denkt Claudia amüsiert. Auch innen sieht es sehr gemütlich aus. „Ich habe uns einen Tisch reserviert", sagt Max und der Kellner geleitet sie zu einer kleinen Nische. „Darf ich Ihnen etwas empfehlen?", fragt er dann. „Ich nehme immer den Blue Moon, eine Spezialität des Hauses." „Nicht zu viel Alkohol?", Claudia zögert. „Nein, nein, er ist ganz leicht."

Der Kellner bringt die Getränke. Der Cocktail schmeckt wunderbar fruchtig. „Erzählen Sie doch ein wenig von sich", fordert Max Claudia auf. „Da gibt es nicht viel zu erzählen." Claudia hat kaum den Satz beendet, als ihr Handy klingelt. „Ja, bitte?", Claudia wird blass. „Ich bin sofort da, Chef." Dann wählt sie auch schon den Taxiruf. „Es tut mir leid, ich muss weg." „Ist wieder etwas passiert?" Ganz kann Max Hahn den Reporter nicht verleugnen. „Ich, ich… darf darüber nicht reden. Wir holen den Abend nach, versprochen." Dann läuft sie zur Tür und lässt einen verblüfften Max zurück. Ganz kurz zögert er. Doch er ist Reporter und von Haus aus neugierig. Er ruft den Kellner, bezahlt die Cocktails und eilt zu seinem Wagen. Sicher ist wieder etwas passiert an derselben Stelle. Claudia wird sich wohl zuerst zu Stern fahren lassen. Wenn ich mich beeile, bin ich vorher da und habe exklusive Fotos. Er weiß, dass er damit die gerade beginnende Beziehung aufs Spiel setzt, aber sein Reporterinstinkt ist stärker. Er steigt in seinen Wagen und rast los.

Kurze Zeit später hat er den Autobahnabschnitt erreicht. Er parkt das Auto ein paar Meter vorher und schleicht sich heran. „Um Gottes Willen", weiter kommt er nicht. Mit schneeweißem Gesicht übergibt er sich mitten in die Absperrung.

„Sind Sie wahnsinnig geworden? Verschwinden Sie, aber sofort. Woher wissen Sie, was hier los ist?" Dr. Grausig läuft wütend auf Max zu. Der wankt zu seinem Auto und fährt in rasantem Tempo davon. Nur weg, denkt er. Erst später fällt ihm ein, dass er kein Foto gemacht hat.

Wenige Minuten später treffen Friedrich Stern und Claudia Braun ein. „Ah, unser junger Freund vom Abschleppdienst ist wohl schon da?", frotzelt Stern mit Blick auf die Überreste aus Max Hahns Magen. „Nee, Stern, heute brauchen wir höchstens eine Schaufel. Aber hier hatte sich ein junger Mann angeschlichen. Doch er kann wohl nicht allzu viel vertragen. Er kam mir bekannt vor. Ich glaube, er war heute bei der Pressekonferenz." Stern blickt Claudia ernst an. „Haben Sie Hahn irgendetwas gesagt?" „Nein", beteuert Claudia, „aber wir haben gerade zusammen etwas getrunken, als Ihr Anruf kam. Und er kann wohl ein und eins zusammenzählen." „Ich kann Ihnen den Umgang mit diesem Reporter nicht verbieten", entgegnet Stern, „Sie sind alt genug. Aber seien Sie bitte vorsichtig." Dann wendet er sich an Dr. Grausig: „Zeigen Sie uns nun die neue Bescherung?" „Ihnen herzlich gern", antwortet Dr. Grausig, „aber Ihrer jungen Kollegin sollten Sie den Anblick wirklich ersparen." Claudia dreht sich wortlos um und geht zum Wagen. Sie ist wütend auf Max Hahn, der ihr Vertrauen missbraucht hat. „Kommen Sie", sagt Dr. Grausig und führt Kommissar Stern nach vorn. Die Stelle ist mittlerweile großflächig mit einer Plane abgedeckt. Dr. Grausig hebt sie an und Stern weiß in diesem Augenblick, dass er nie wieder ein Mettbrötchen essen wird. Vor ihm liegen fünf Motorräder, beziehungsweise das, was von ihnen übrig ist. „Ja, Sie haben Recht", Stern schüttelt mit dem Kopf, „Abschleppwagen brauchen wir hier nicht." Dr. Grausig zeigt stumm auf fünf Särge. „Wenn das nicht aufhört, gebe ich meinen Beruf auf." „Wir sehen uns morgen." Mit diesen Worten verabschiedet sich Stern und geht müde zu seinem Wagen. „Frau Braun", sagt er dann zu Claudia, „lassen Sie uns nach Haus fahren und morgen müssen wir uns überlegen, wie wir diesem Wahnsinn ein Ende bereiten." Claudia nickt nur stumm und Stern fährt los. Kurze Zeit später setzt er sie an ihrer Wohnung ab. „Schlafen Sie ein wenig, wenn sie können. Wir sehen uns morgen um neun Uhr." „Ja, gute Nacht, Chef, bis morgen."

Claudia hängt noch immer ihren Gedanken nach, als sie die Haustür aufschließt. Sie hat die Leichen nicht gesehen, aber sie kann sich lebhaft vorstellen, was unter der Plane verborgen war. Stern hatte von Motorrädern gesprochen. Soviel Fantasie hat sie, dass sie sich denken kann, was von ihnen übrig war. Ob sie heute Nacht schlafen kann? Außerdem ist sie immer noch wütend auf Max Hahn. Vorläufig will sie ihn nicht mehr sehen.

In ihrer Wohnung lässt sie sich ein heißes Bad ein. Sonst entspannt sie ein schönes Bad bei leiser Musik von Mozart. Heute will es nicht klappen. Frustriert steigt sie aus der Wanne, wirft sich ihren Bademantel über und geht ins Wohnzimmer. Normalerweise trinkt Claudia nicht viel Alkohol, aber heute hat sie das Bedürfnis, etwas zu trinken. Im Kühlschrank steht noch eine Flasche Chardonnay, den sie zum Geburtstag bekommen hat. Sie gießt sich ein Glas ein und setzt sich aufs Sofa. Jetzt habe ich gedacht, ich hätte mal einen netten Mann kennen gelernt, denkt sie frustriert, und dann nutzt er mich doch nur für seine Sensationsgier aus. Sie trinkt das Glas in einem Zug aus und geht zu Bett. Aber schlafen kann sie nicht. Immer wieder wacht sie auf und wünscht sich, einen anderen Beruf ergriffen zu haben. Schließlich fällt sie in einen unruhigen Schlaf, aus dem sie vom Radiowecker unsanft geweckt wird. Sieben Uhr Nachrichten. „Wieder neue Todesfälle. Was will die Polizei endlich unternehmen?" Die haben gut reden, denkt sie wütend und klingt dabei fast wie Kommissar Stern. Wissen die etwa, was wirklich dahintersteckt?

Pünktlich um neun Uhr ist sie im Büro. Kommissar Stern ist schon da, auch er sieht übernächtigt aus. „Guten Morgen, Frau Braun", begrüßt er sie und fährt gleich fort, „wir müssen überlegen, was wir tun. Halten Sie es für sinnvoll, den Autobahnabschnitt ganz zu sperren?" Claudia überlegt. „Wir wissen nicht, wer oder was dahintersteckt, aber ich befürchte, es wird seine Aktivitäten nur verlagern, wenn wir den Abschnitt absperren. Aber wir sollten die Bevölkerung warnen und bitten, eine andere Strecke zu fahren." „Ja, das ist gut", pflichtet Stern ihr bei, „bereiten Sie alles für eine Presseerklärung vor. Kriegen wir die Meute in einer Stunde zusammen?" „Wozu haben wir einen Pressesprecher, er kann alle alarmieren." Ja, dann wird auch Max kommen, denkt Claudia, aber ich werde ihn ignorieren.

Eine Stunde später sind die Pressemitarbeiter vom Vortag wieder versammelt. Claudia und Friedrich Stern betreten diesmal allein den Raum. Sofort erklingen alle Stimmen durcheinander. „Gibt es etwas Neues?" Stern ergreift das Mikrofon. „Leider nein, außer, dass es gestern Nacht noch fünf Motorradfahrer erwischt hat." Max Hahn springt auf. „Was gedenken Sie zu tun? Wie viel Menschen sollen noch draufgehen?" Er blickt zu Claudia, doch sie weicht seinem Blick aus. „Darum haben wir sie ja gerufen", antwortet Stern und blickt böse zu Hahn. „Wir möchten Sie bitten, in allen Medien eine Warnung zu veröffentlichen und die Bevölkerung aufzufordern, den Autobahnabschnitt zu umfahren. Denn wie es aussieht, schlägt dieses, sagen wir mal Etwas, nur auf diesem bestimmten Abschnitt zu." „Und dann? Damit ist es doch nicht getan!" Wieder ist es Max Hahn, der das Wort ergreift. Claudia hat eine Idee und spricht leise mit Stern. Der nickt zustimmend. „Wir werden ab heute Nacht mit Hubschraubern den Abschnitt kontrollieren. Und nun entschuldigen Sie uns bitte. Wir haben viel zu tun." Stern und Claudia erheben sich. Max Hahn tritt auf sie zu. „Darf ich Sie kurz sprechen, Claudia?" „Sie hören doch, wir haben zu tun. Und Sie sicher auch." Claudia dreht sich abrupt um und folgt Stern.

Wieder im Büro organisieren beide die Hubschrauberüberwachung. „Zwanzig Uhr bis sechs Uhr früh?", fragt Claudia. „Am Tage ist ja bisher nichts passiert." „Ja, ich glaube, das müsste reichen. Ablösung alle drei Stunden." Claudia ist schon am Telefon und ruft die Hubschrauberbereitschaft an.

Mittlerweile ist es Mittag. „Lassen Sie uns in die Kantine gehen", sagt Stern und erhebt sich. Claudia hat eigentlich keinen Appetit. Ein lautes Magenknurren erinnert sie dann aber daran, dass sie auch heute Morgen keinen Appetit hatte und ihr Frühstück nur aus drei Tassen Kaffee bestanden hat und sie folgt ihm.

In der Kantine fällt ihr Blick auf die Tagesempfehlung: **„Heute Chili con Carne"**. Beide schauen sich an. Claudia ist schon wieder blass. Dann nehmen sie sich jeder einen Salat. Richtig schmecken will er ihnen aber nicht. Schließlich steht Kommissar Stern auf und holt zwei Kaffee. Er schiebt eine Tasse zu Claudia und schaut sie an. „Frau Braun, seit sie die Hubschrauberbereitschaft angerufen haben sind Sie so still. Sie haben doch irgendetwas auf dem Herzen?" Claudia schaut von ihrem Teller auf. „Hauptkommissar Baier war etwas ungehalten am Telefon. Er habe so wenige Leute. Und da habe ich mir überlegt....". Sie zögert. „Na, nun spucken Sie's schon aus", ermuntert Stern sie, „Sie wollen mitfliegen?" „Ja", antwortet sie leise, „ich muss einfach wissen, wer so viele Menschen auf dem Gewissen hat." „Das interessiert mich allerdings auch brennend", poltert Stern, „doch mich kriegen keine zehn Pferde in so einen Hubschrauber. Aber ich werde Hauptkommissar Baier anrufen. Vielleicht können Sie die erste Schicht mitfliegen." Er trinkt seinen Kaffee aus. „Nun lassen Sie uns hier verschwinden", sagt er mit Blick auf den Nebentisch, wo ein paar junge Polizisten mit gutem Appetit ihr Chili con Carne verzehren. „Ehrlich gesagt, beim Anblick der heutigen Tagesempfehlung muss ich an die Motorradfahrer denken." Erleichtert steht Claudia auf und beide gehen zurück ins Büro. Kommissar Stern greift zum Hörer und wählt die Nummer seines Kollegen von der Hubschrauberstaffel. „Hey Karl", ruft er in den Hörer, „ich höre, du beschwerst dich schon wieder. Ihr habt nicht genug Leute? Für die erste Schicht brauchst du nur einen Piloten abstellen. Meine junge Kollegin wird mitfliegen." Er legt den Hörer auf. „Sie sollen sich um neunzehn Uhr einfinden. Dann gehen Sie jetzt nach Hause. Sicher haben Sie heute Nacht kaum geschlafen. Vielleicht können Sie sich noch etwas ausruhen. Ich halte hier die Stellung." Claudia steht auf. „Hoffentlich bekommen wir heute Nacht die Erklärung für alles. Dann können wir vielleicht etwas unternehmen." Claudia ist froh, dass sie Kommissar Stern zugeteilt wurde. Am Anfang war er ja etwas bärbeißig, aber eigentlich ist er sehr nett, denkt sie.

Claudia fährt nach Hause und versucht, sich etwas auszuruhen. Es gelingt ihr nicht wirklich. Sie steht auf und macht sich einen Kaffee. Vielleicht wäre ein Spaziergang gut, überlegt sie, zieht ihren Mantel an und geht aus der Wohnung. Die frische Luft tut ihr gut. Es weht ein leichter Wind. Um sich abzulenken, betrachtet sie die Auslagen in den Schaufenstern. Vor einer Boutique bleibt sie stehen. Ich sollte mir mal wieder etwas Hübsches kaufen, diesen Pulli zum Beispiel. Mit diesem Gedanken geht sie kurz entschlossen in den Laden. Sofort eilt eine Verkäuferin auf sie zu. „Kann ich Ihnen helfen?" „Ich würde gern den roten Pulli im Schaufenster anprobieren. Er gefällt mir", antwortet Claudia. Die Verkäuferin blickt sie an und murmelt fachmännisch „ich schätze, Größe 38, Moment bitte." Dann lässt sie Claudia stehen und kommt kurz darauf mit dem Pullover in ihrer Größe zurück. „Hier habe ich ihn auch noch in blau." Kaum hat die Verkäuferin ihren Satz ausgesprochen, schüttelt Claudia den Kopf. Was mache ich hier? Es mussten schon so viele Menschen sterben und ich kaufe in aller Seelenruhe einen Pulli? „Ich habe es mir anders überlegt", sagt sie plötzlich und läuft aus dem Laden. Die Verkäuferin schaut ihr verdutzt nach.

Claudia eilt panikartig zurück in ihre Wohnung und schließt die Tür hinter sich. Schwer atmend bleibt sie ein paar Augenblicke stehen. Dann strafft sie sich. Reiß dich zusammen, ermahnt sie sich selbst. Du bist eine erwachsene Frau. Sie blickt auf die Uhr. Es wird langsam Zeit, stellt sie fest.

Claudia geht ins Bad und lässt kaltes Wasser über ihr Gesicht laufen. Dann zieht sie Jeans, einen Blouson und bequeme, flache Schuhe an. Einen Augenblick überlegt sie, ob es besser ist, in ihrem aufgewühlten Zustand ein Taxi zu rufen. Doch sie entscheidet sich dagegen. Das würde vielleicht doch komisch aussehen. Sie greift nach ihrem Autoschlüssel und geht zur Tiefgarage. Als sie hinter dem Steuer sitzt, fühlt sie sich besser. Sie startet ihr kleines Auto und fährt los.

Achtzehnuhrdreißig ist sie am Flugplatz. Dort wird sie schon erwartet. „Frau Braun?", wird sie begrüßt. „Mein Name ist Klaus Kramer, ich bin ihr Pilot. Wie ich sehe, haben Sie sich schon praktisch angezogen. Einen Overall in Ihrer Größe hätten wir nicht vorrätig." Er mustert sie abschätzig von oben bis unten und Claudia wird unbehaglich. Sonderlich sympathisch ist ihr dieser Klaus Kramer nicht. Aber ich will ihn ja schließlich nicht heiraten, denkt sie, vielleicht finden wir ja heute schon eine Spur. Dann können wir wieder getrennte Wege gehen. „Folgen Sie mir bitte", reißt die Stimme von Klaus Kramer sie aus ihren Gedanken.

Der Hubschrauber steht schon startbereit. Claudia saß noch nie in so einem Ding, aber sie ist nicht ängstlich und steigt beherzt ein. Klaus Kramer reicht ihr die Kopfhörer und schon geht es los.

Nach wenigen Minuten erreichen sie den Autobahnabschnitt, der so vielen Menschen das Leben gekostet hat. Er ist wie ausgestorben, kein Auto weit und breit. Die Warnungen scheinen gewirkt zu haben. Claudia nimmt das bereitliegende Nachtfernglas und schaut angestrengt die Seitenränder ab. Nichts. Doch da.... „Können Sie noch etwas tiefer gehen?", fragt sie aufgeregt. „Haben Sie etwas entdeckt? Moment." Kramer steuert den Hubschrauber vorsichtig tiefer. Nun hat er auch entdeckt, was Claudia gesehen hat. Man kann es mit bloßem Auge sehen. Aber was ist das? Zwei riesige stachelige Kugeln bewegen sich auf die Fahrbahn zu. Claudia erinnert sich an den großen Stachel, den Dr. Grausig gefunden hatte. „Jetzt wird mir einiges klar", sagt sie mehr zu sich selbst, doch Kramer horcht auf. „Was meinen Sie, Frau Braun? Haben Sie einen Reim darauf?", fragt er sie. „Entschuldigung, ich habe mehr zu mir selbst gesprochen. Aber Dr. Grausig hat bei den letzten Obduktionen etwas Merkwürdiges gefunden, es sah wie ein Igelstachel aus, nur viel, viel größer." „Igelstachel?", Klaus Kramer sieht Claudia verwundert an. „Sie meinen, diese Kugeln da unten sind mutierte Riesenigel? Aber wie kann so etwas geschehen?" „Ich weiß es nicht", antwortet

Claudia. „Da sehen Sie, sie drehen um. Vielleicht können wir verfolgen, wo sie hingehen." Und tatsächlich. Als ob die Riesenkugeln enttäuscht über die leere Fahrbahn sind, kehren sie um und laufen Richtung Wald. „Ich kann versuchen, sie zu verfolgen", sagt Kramer, „aber es wird schwierig in dem waldigen Gelände." „Bitte versuchen Sie es". Claudia sieht ihn bittend an. Dann schaut sie wieder durch das Fernglas. „Hier gibt es doch die Waldsiedlung", erinnert sie sich. „Wenn sie nun dorthin laufen?" Eine Weile sagen beide kein Wort. Dann ruft Claudia aus: „Ich sehe sie. Sie laufen tatsächlich auf die Waldsiedlung zu, wie ich vermutet habe." „Sie meinen, jemand hat sie gezüchtet? Das wäre doch absurd. Warum sollte man so etwas tun?" Kramer schaut sie ungläubig an. Doch Claudia scheint Recht zu behalten. Vor einem Haus bleiben sie stehen. Ein kleiner Junge geht auf die beiden Stacheltiere zu. Es sieht aus, als ob er sie streichelt. Dann folgen sie ihm in den Garten und alle drei verschwinden hinter dem Haus. „Lassen Sie uns umkehren", sagt Claudia. „Ich muss Kommissar Stern Bescheid geben." „Okay, Ihr Wunsch ist mir Befehl." Klaus Kramer dreht ab und fliegt Richtung Flughafen. Claudia ist froh, als sie gelandet sind. Sie verabschiedet sich flüchtig und eilt zu ihrem Wagen. Ob Kommissar Stern noch im Büro ist? Claudia wählt die Nummer und hat Glück. Friedrich Stern hat auf einen Anruf von ihr gewartet. „Haben Sie etwas Neues, Frau Braun?" „Chef, Sie werden es nicht glauben, irgendjemand hat Riesenigel gezüchtet. Und dieser jemand scheint in der Waldsiedlung zu wohnen. Ich habe einen kleinen Jungen mit ihnen gesehen." Das würde den Stachel erklären, denkt Friedrich Stern. Dann sagt er laut: „Fahren Sie nach Hause. Ich werde Dr. Grausig Bescheid geben. Morgen früh fahren wir zur Waldsiedlung."

Auf dem Weg nach Haus kehrt Claudia bei ihrem Lieblingsitaliener ein. Sie trinkt ein Glas Rotwein. Es tut ihr gut. Dann fährt sie nach Hause. Sie ist völlig erschöpft und geht gleich schlafen. In der Nacht träumt sie von riesigen Igeln und wacht immer wieder schweißgebadet auf.

Der Wecker reißt sie um sechs Uhr aus ihrem unruhigen Schlaf. Sie geht ins Bad, macht sich einen starken Kaffee und fährt ins Büro. Friedrich Stern und Dr. Grausig erwarten sie schon. „Na, dann lassen Sie uns losfahren", begrüßt Stern sie. „Sie können das Haus wiedererkennen?" „Ich denke schon", antwortet Claudia.

Kurze Zeit später sind sie an der Waldsiedlung angelangt. „Da ist das Haus", ruft Claudia aus. Friedrich Stern hält und alle drei gehen durch den Garten auf die Haustür zu. **Dr. Stefan Schwarz** steht auf dem Klingelschild. Claudia drückt darauf. Die Haustür geht auf und vor ihnen steht ein großer Mann mit blondem Haar und stahlblauen Augen. Er mustert die drei. Dann bleibt sein Blick an Claudia hängen. „Sie wünschen?" „Sind Sie Dr. Stefan Schwarz?" Kommissar Stern blickt ihn forschend an. „Haben Sie einen Sohn?" „Ja, Timmy. Was wollen Sie von ihm", antwortet Dr. Schwarz unwirsch. „Sie haben doch sicher von den mysteriösen Todesfällen gehört?" Dr. Grausig hat das Wort ergriffen. „Wir haben den Verdacht, dass Ihr Sohn etwas damit zu tun haben könnte." Stefan Schwarz fängt laut an zu lachen. Dann antwortet er böse: „Was fällt Ihnen ein. Mein Sohn ist zwölf Jahre alt und leidet am Asperger-Syndrom, einer Form des Autismus. Sie meinen wirklich, er hätte Hunderte von Menschen auf dem Gewissen?" „Nicht er", antwortet Friedrich

Stern, „aber vielleicht seine Haustiere. Können wir Timmy sprechen?" „Nein, das können Sie nicht. Mein Sohn kann aufgrund seiner Krankheit keine Fremden vertragen. Und jetzt verschwinden Sie." Dr. Schwarz schlägt wütend die Tür zu und lässt die drei stehen. „Ich habe eine Idee", sagt Claudia. „Dieser Dr. Schwarz muss ja sicher arbeiten. Das können wir herausfinden und das Haus beobachten. Vielleicht kann ich das Vertrauen des Jungen gewinnen." Dr. Grausig und Friedrich Stern pflichten ihr bei. Anders kommen sie wohl vorläufig nicht weiter. „Lassen Sie uns erstmal ins Büro fahren und herausfinden, was dieser Schwarz so macht", brummt Stern und geht zum Auto. Claudia und Dr. Grausig folgen ihm stumm und steigen mit ihm in den Wagen.

„Das ist ja hochinteressant." Claudia und Friedrich Stern sind wieder im Büro und Claudia hat sich gleich an den PC gesetzt.

„Haben Sie etwas herausgefunden?" Friedrich Stern blickt auf. „In der Tat", antwortet Claudia, „dieser Dr. Schwarz scheint ein ziemlich bekannter Wissenschaftler zu sein. Und wissen Sie, woran er gerade forscht?" „Nun spannen Sie mich nicht auf die Folter, Frau Braun", poltert Friedrich Stern los. Claudia blickt ihn an. „Er forscht gerade an einem Mittel, das Tiere größer werden lässt, angeblich, um den Hunger in der dritten Welt zu stillen." Claudia sieht Stern triumphierend an. „Das passt doch alles zusammen." „Ja, wir sollten diese Spur verfolgen", pflichtet Kommissar Stern ihr bei. „Gehen Sie heute Nachmittag noch einmal zu dem Haus. Vielleicht ist der Junge allein und Sie können sich ein wenig mit ihm anfreunden." Da es bereits Mittag geworden ist, gehen beide in die Kantine. Chili con Carne wird es ja wohl nicht wieder geben, hofft Claudia. Die heutige Tagesempfehlung lässt allerdings bei beiden auch keinen

Appetit aufgekommen. **„Heute Leber Berliner Art"** wird auf der Tafel angepriesen. Zum Glück gibt es auch noch eine Gemüsesuppe ohne Fleisch. Sie ist heiß und lecker. Claudia merkt schnell, wie ihr die Suppe guttut. Nach dem Essen schaut sie auf die Uhr. „Es ist vierzehn Uhr", sagt sie, „ich glaube, ich werde jetzt losfahren. Der Junge müsste doch bald aus der Schule sein." „Ja, tun Sie das. Kommen Sie aber bitte unbedingt nachher noch einmal ins Büro, um Bericht zu erstatten." „Ist gut." Claudia erhebt sich rasch und geht zum Parkplatz.

Zwanzig Minuten später ist sie an der Waldsiedlung angelangt. Sie parkt nicht direkt vor dem Haus, sondern geht die letzten Schritte zu Fuß. Im Garten sieht sie einen kleinen Jungen. Sie geht auf ihn zu. „Hallo Kleiner", ruft sie ihm zu, „kannst du mir helfen?" Tim schaut sie ängstlich an und will ins Haus laufen. „Keine Angst, mein Junge",

Claudia schaut Timmy freundlich an. „Ich glaube, ich habe mich verfahren. Ich wollte eigentlich in die Stadt." „Da sind Sie falsch", antwortet Tim zögernd, „Sie müssen links die Straße herunterfahren." „Danke", sagt Claudia und blickt ihn an. „Wie heißt du denn? Ich heiße Claudia." Sie reicht ihm die Hand und Tim zuckt zusammen, kommt dann aber vorsichtig näher. Claudia erinnert ihn an seine Mutter. Sie kann doch nicht böse sein, denkt der kleine Mann. „Ich heiße Tim", sagt er verlegen, „aber alle nennen mich Timmy." „Timmy, das ist ein schöner Name. Deine Eltern lieben dich sicher sehr." „Meine Mama lebt nicht mehr", antwortet Timmy leise, „ich wohne mit meinem Papa allein hier." „Oh, das tut mir leid, Timmy. Ich wollte dir nicht wehtun." Claudia hätte Tim am liebsten in den Arm genommen, aber das wäre falsch, weiß sie. Stattdessen fragt sie: „Magst du mir Euren Garten zeigen, Timmy? Er scheint sehr schön zu sein." Timmy öffnet das Gartentor und lässt Claudia eintreten. Dann zeigt er ihr stolz den Garten. Er ist wunderschön und Claudia staunt. „Pflegt Ihr den Garten ganz allein?" Timmy überlegt. Die Frau ist doch fremd, darf er ihr alles erzählen? Aber irgendwie scheint sie ihm vertraut und so antwortet er: „Nein, einmal die Woche kommt der alte Gustav. Der kümmert sich um den Garten." „Und dein Papa kommt immer erst abends, wer sorgt dann für dich?", fragt Claudia weiter. „Mein Papa muss doch forschen", erzählt Timmy stolz. „Und ich bin doch schon groß und kann auf mich aufpassen. Frau Schmidt kocht das Mittagessen und wenn ich aus der Schule komme, wärme ich es auf." „Und dann spielst du allein? Hast du keine Spielkameraden? Oder einen Hund?" Claudia freut sich, dass der Junge ihr vertraut, aber sie hat auch das Gefühl, dass sie vorsichtig sein muss, damit er nicht misstrauisch wird. Und sie soll Recht behalten. Plötzlich wird Timmy ganz steif. „Ich habe keinen Hund", sagt er nur noch, „und jetzt sollten Sie gehen." Claudia merkt, dass sie heute nicht weiterkommt. „Darf ich dich denn noch einmal besuchen?", fragt sie zum Abschied. „Vielleicht", antwortet Timmy, dreht sich um und geht ins Haus.

Claudia fährt nachdenklich zurück ins Büro. Kommissar Stern erwartet sie schon. „Na, wie war's?", begrüßt er sie. Claudia berichtet ihm von ihrem Gespräch mit Timmy. „Ich werde ihn noch einmal besuchen", sagt sie zum Schluss. „Ich glaube, der Junge fängt an, mir zu vertrauen, aber man muss sehr vorsichtig sein. Kinder mit dem Asperger-Syndrom sind sehr scheu gegenüber fremden Menschen." „Die Riesenigel haben Sie nicht gesehen?", fragt Stern noch. „Nein", antwortet Claudia, „als ich gefragt habe, ob er vielleicht einen Hund habe, hat er mich stehen lassen." „Wir sollten vielleicht doch noch einmal mit seinem Vater reden. Vielleicht weiß er gar nicht, was sein Junge in seiner Abwesenheit treibt." Kommissar Stern wird langsam ungeduldig. „Ich will diesem Wahnsinn ein Ende machen. Gehen Sie bitte morgen zum Institut, in dem dieser Dr. Schwarz arbeitet. Und nun ist Feierabend." Er erhebt sich und geht langsam zur Tür. Die letzten Tage scheinen ihn gealtert zu haben. „Ich gehe gleich morgen früh zu ihm, gute Nacht, Chef", ruft Claudia ihm hinterher.

In dieser Nacht träumt Claudia nicht von Toten. Immer wieder schiebt sich das Bild von Stefan Schwarz in ihren Traum. Seine stahlblauen Augen blicken sie an und eine wohlige Wärme durchzieht sie. Was ist mit mir los, denkt sie, jahrelang habe ich vor lauter Arbeit keinen Gedanken an einen Mann verschwendet und nun treten gleich zwei in mein Leben. Obwohl, diesen Max

Hahn kann ich vergessen. Der flotte Gockel. Das sagt ja alles. Er ist sicher ein Casanova. Aber dieser Dr. Schwarz gefällt mir. Und Timmy ist ein lieber Junge. Dann fällt sie in einen unruhigen Schlaf.

Am frühen Morgen wird sie unsanft durch das Telefonklingeln geweckt. Sie blickt auf die Uhr, es ist fünf Uhr morgens. Claudia reibt sich die Augen und greift schlaftrunken zum Hörer. Kommissar Stern ist dran. „Frau Braun", sagt er und auch seine Stimme klingt verschlafen, „ich hatte einen Anruf aus der Klinik. Dort liegt ein Mann im Schockzustand. Viel haben sie bisher nicht aus ihm herausbekommen. Nur so viel: Er fuhr mit seinem Laster auf der Autobahn, als diese Riesenigel auf ihn zurollten. Er ist wohl gerade noch aus dem Führerhaus gesprungen und in panischer Angst so weit gelaufen, bis ihn jemand aufgegriffen hat." „Und der Laster?", fragt Claudia.

„Plattgemacht", lautet die kurze Antwort. „Ich bin sofort im Büro." Claudia knallt den Hörer auf, springt unter die Dusche und zieht sich rasch an. Dann fährt sie schnell ins Büro. Kommissar Stern kommt auch gerade. „Wollen wir gleich ins Krankenhaus?", fragt er, verneint es dann aber sofort. „Nein, es ist noch zu früh. Lassen Sie uns überlegen, was wir nun tun. Die Igel müssen unschädlich gemacht werden." „Das wird dem Jungen das Herz brechen. Und wir müssen erst einmal herausfinden, wo er sie versteckt." Claudia schaut traurig. Trotz der vielen Toten tut ihr Timmy auch leid.

Sie sind gerade im Büro angekommen, als die Tür aufgerissen wird und Dr. Schwarz wütend hereinstürmt. „Was fällt Ihnen ein, Timmy zu belästigen. Ich verbiete Ihnen, sich ihm zu nähern. Anderenfalls werde ich mich beschweren." Seine Augen heften sich auf Claudia und er scheint sich zu beruhigen. „Timmy scheint Sie zu mögen", sagt er leise, „nutzen Sie das bitte nicht aus." „Herr Dr. Schwarz", versucht Claudia ihn zu beruhigen, „wir wollen Ihrem Jungen nichts Böses. Aber wie es scheint, treiben Riesenigel ihr Unwesen auf der Autobahn und Ihr Junge hat offensichtlich etwas damit zu tun. Forschen Sie auch im Haus?" Stefan Schwarz blickt sie an. „Ich habe ein kleines Labor im Keller. Meinen Sie, Timmy hat dort etwas ausprobiert? Intelligent dazu wäre er. Aber wo sollte er die Tiere verstecken?" „Das müssen wir herausfinden", antwortet Claudia, „dazu muss ich aber noch einmal mit Timmy sprechen." „Also gut", Dr. Schwarz wird zugänglicher. „Ich nehme mir alle zwei Wochen einen Nachmittag für Timmy frei, heute wieder. Vielleicht können sie „zufällig" vorbeikommen." „Ist gut, ich werde kommen, sagen wir um fünfzehn Uhr?" Claudias Herz klopft

ein wenig, als sie sich von Dr. Schwarz verabschiedet.

„Na, ich glaube, den haben Sie zahm bekommen", sagt Friedrich Stern zu ihr. „Der
ist mir auf jeden Fall sympathischer als dieser Gockel, in den Sie sich verguckt hatten."
Claudia ärgert sich, dass sie schon wieder
rot wird. „Was Sie immer haben, Chef", sagt
sie schließlich, „ich treffe mich mit diesem
Dr. Schwarz doch rein beruflich." „Ja, ja,
wer's glaubt." Friedrich Stern grinst. „Nun
lassen Sie uns in die Klinik fahren. Vielleicht
können wir mit dem LKW-Fahrer sprechen."

Die Klinik liegt am Stadtrand. Es dauert
eine halbe Stunde, bis Sterns Wagen den
Parkplatz erreicht hat. Der Pförtner gibt
freundlich Auskunft, wo es zur Unfallsta-
tion geht. Friedrich Stern fragt die Schwes-
ter, die sie auf dem Flur treffen, nach dem

Stationsarzt und sie weist ihnen den Weg. Stern klopft an die Tür. „Herein", kommt eine dunkle Stimme von innen und sie treten ein. „Guten Tag, ich bin Kommissar Stern, dies ist meine Kollegin, Frau Braun", begrüßt er den Arzt. „Angenehm, Dr. Wipper", stellt sich der Stationsarzt vor. „Sie kommen sicher wegen des LKW-Fahrers?" „Ja, genau", bestätigt Stern, „können wir ihn sprechen?" „Es tut mir leid", antwortet Dr. Wipper, „er war so fertig, wir haben ihm starke Beruhigungsmedikamente gegeben. Er schläft jetzt. Versuchen Sie es morgen wieder." „Na, dann kann man nichts machen", grummelt Stern. „Es bleibt uns wohl nichts übrig, als bis morgen zu warten." „Sollten wir den Autobahnabschnitt nicht doch sperren?", überlegt Claudia laut. „Es scheinen sich ja doch nicht alle an die Warnung zu halten und solange wir die Igel nicht haben, besteht die Gefahr, dass noch mehr Menschen ihr Leben verlieren." „Sie haben Recht", pflichtet Stern ihr bei. „lassen Sie uns ins Büro zurückfahren und alles Nötige veranlassen."

Claudia und Friedrich Stern fahren zurück ins Büro. Dort erwartet sie eine unangenehme Überraschung. Kriminaloberrat Huber sitzt an Sterns Schreibtisch und schaut beide böse an. „Was haben Sie bisher erreicht?", bellt er. „Ich höre, beinahe hätte es wieder einen Toten gegeben. In der Pressestelle laufen die Telefone heiß. Die Zeitungen überschlagen sich mit Spekulationen. Es ist von Monstern die Rede. Was ist da dran?" „Na ja, mit Monstern liegen die Schreiberlinge nicht ganz verkehrt", beginnt Stern und berichtet, was sie bisher herausgefunden haben. „Und, was tun Sie? Sie bleiben ruhig. Sie müssen sofort mit einer Spezialeinheit das Haus stürmen, aber dalli." Huber schaut bedrohlich und will schon zum Hörer greifen. Stern hindert ihn daran. „Ich glaube, das wäre keine gute Idee. Was ist, wenn der Junge mit den Riesenigeln davonläuft? Dann wird alles vielleicht nur noch schlimmer. Wir müssen das Vertrauen des Jungen und seines Vaters gewinnen. Frau Braun scheint da einen guten Draht zu haben. Wir brauchen Fingerspitzengefühl." „Na gut", erwidert Huber, „ich gebe Ihnen zwei Tage, dann ist der Spuk zu Ende, sonst..." Er spricht seine Drohung nicht aus, sondern verlässt wütend das Büro. Claudia zuckt mit den Schultern, greift zum Hörer und veranlasst die Sperrung des Autobahnabschnitts. Dann blickt sie Kommissar Stern an. „Wollen wir hoffen, dass unsere erste Befürchtung nicht wahr wird und die Igel weiten ihr Gebiet nun aus." „Na ja, vielleicht haben wir Glück und heute Nacht passiert nichts. Und morgen sind wir vielleicht schon weiter, wenn Sie noch mal bei dem Jungen waren", erwidert Stern. „Die Rambomethoden von Kriminaloberrat Huber bringen uns auf jeden Fall nicht weiter. Die Pressemeute macht mir auch Sorgen. Wenn die nicht bald etwas Positives schreiben können, verbreiten sie Panik unter den Leuten. Wäre es sehr viel verlangt, wenn ich Sie bitten würde, sich noch einmal mit diesem Hahn zu treffen?" Stern schaut Claudia bittend an. „Oh nein", wehrt Claudia ab. „Mit diesem windigen Burschen will ich nichts mehr zu tun haben. Sie haben mich doch selbst vom ihm gewarnt." „Sie haben Recht. Vielleicht wird dadurch nur alles schlimmer. Ihn zu bitten, auf seine Kollegen einzuwirken, sich ruhig zu verhalten, wäre wohl genauso zwecklos, wie Queen Elisabeth zu bitten, Charles den Thron zu überlassen." Kommissar Stern lacht gequält und stützt sich mit den Händen auf dem Schreibtisch ab. Claudia schaut ihn mitleidig an. In seiner Haut möchte ich nicht stecken, denkt sie. „Lassen Sie uns zu

Dr. Grausig gehen", sagt Stern plötzlich. „Wir haben ihn lange nicht besucht. Und hier können wir im Moment doch nichts ausrichten."

Dr. Grausig freut sich sichtlich, die beiden zu sehen. Gerade rollt sein Gehilfe eine eben untersuchte Leiche in die Kühlkammer zurück. Er hat Ringe unter den Augen. „Na, wagen Sie sich mal wieder ins Leichenschauhaus?", versucht er zu scherzen. „Lassen Sie uns nach nebenan gehen", bittet er, „wir können einen Kaffee zusammen trinken." Dort angekommen stöhnt Dr. Grausig auf, während er drei Tassen Kaffee einschenkt. „Ich weiß nicht, ob es Sinn hat, die Toten weiter zu untersuchen. Innen sehen sie alle gleich aus. Wissen Sie näheres inzwischen?" Stern berichtet ihm ausführlich, was sie bisher herausgefunden haben. „Jetzt wird mir einiges klar", erwidert Dr. Grausig, „das erklärt den Stachel. Es ist schon erschreckend, wie man in guter Absicht Schlimmes anrichten kann." „Jetzt sitzt uns noch der Huber im Nacken", erzählt Stern, „er will das Haus stürmen. Wir müssen sehen, dass wir die Angelegenheit bald bereinigen. Sonst garantiere ich für nichts." „Ach, der will sich doch nur wieder in Szene setzen." Dr. Grausig lacht bitter auf und blickt Claudia an. „Ich glaube, Ihre sanfte Methode ist da bedeutend besser geeignet."

Pünktlich um fünfzehn Uhr steht Claudia wieder vor dem Haus in der Waldsiedlung. Dr. Schwarz erwartet sie bereits am Gartentor. „Bitte kommen Sie", sagt er und schaut sie lange an. Claudia wird es warm ums Herz. „Wir haben uns zufällig getroffen", sagt er leise, „als Sie Timmy besuchen wollten." Stefan Schwarz schließt die Haustür auf und bittet sie, einzutreten. „Timmy", ruft er dann, „ich habe Besuch mitgebracht.

Die Dame sagt, sie kennt dich." Langsam geht eine Tür auf und Timmy kommt zögernd aus dem Kinderzimmer. Er blickt auf Claudia und nickt. „Ja Papa, das ist Claudia. Sie war gestern hier, weil sie sich verfahren hatte." „Hast du etwas dagegen, wenn sie mit uns Kaffee trinkt, mein Junge?", fragt Dr. Schwarz seinen Sohn. „Nein Papa", entgegnet Timmy, „Frau Schmidt hat einen Kuchen gebacken. Ich habe den Tisch schon gedeckt. Ich werde schnell noch ein drittes Gedeck auflegen." Mit diesen Worten verschwindet der kleine Mann Richtung Esszimmer. „Der Junge ist ja sehr ernst und erwachsen für sein Alter", bemerkt Claudia. „Ja", antwortet Dr. Schwarz, „das macht mir manchmal Sorgen. Aber das ist ein Symptom seiner Krankheit. Diese Kinder sind in ihrer Intelligenz ihren Altersgenossen meist weit voraus. Aber sie können schwer Kontakt zu anderen Menschen finden und haben Angst vor allem, was ihnen fremd ist.

Deshalb bin ich froh, dass Timmy scheinbar Vertrauen zu Ihnen hat. Vielleicht liegt es daran, dass Sie die gleiche freundliche Art wie meine verstorbene Frau haben." Wieder blickt er sie an und Claudia spürt ein Kribbeln in der Magengegend. Dieser Stefan Schwarz hat sich eine harte Schale zugelegt, aber er scheint ein gutes Herz zu haben. Und er liebt seinen Sohn, geht es ihr durch den Kopf.

„Kommt Ihr", ertönt es in diesem Moment aus dem Esszimmer. „Ich habe schon Kaffee gekocht." „Na, dann müssen wir wohl", sagt Stefan Schwarz lächelnd und weist Claudia den Weg. Timmy ist ganz Kavalier, schenkt Kaffee ein und reicht den Kuchen, der sehr lecker ist. „Na, wie war es in der Schule?" Dr. Schwarz blickt seinen Sohn fragend an. „Och, wie immer", entgegnet der Knirps, „aber es langweilt mich, was der Lehrer erzählt, weiß ich ja alles schon."

Dr. Schwarz blickt Claudia vielsagend an. „Das ist das Problem", sagt er leise, „er ist so intelligent, ich fürchte, er ist unterfordert." Claudia schaut zu Timmy: „Sag mal, was machst du denn nach der Schule, wenn dein Papa nicht da ist. Fühlst Du dich denn dann nicht allein?" „Nein", entgegnet Timmy", „ich lese viel. Und dann sind da ja noch Romeo und Julia." Erschrocken hält er sich die Hand vor den Mund, als ob er zu viel verraten hat. Doch Claudia geht sofort darauf ein. „Romeo und Julia? Du hast doch gesagt, Du hast keine Haustiere." Timmy schüttelt den Kopf. „Nein, habe ich auch nicht. Ich habe sie mir nur ausgedacht." Dann blickt er fragend seinen Vater an. „Darf ich in mein Zimmer?" „Ja geh nur Timmy", sagt Stefan Schwarz und blickt seinen Sohn liebevoll an. Timmy steht auf und geht fast fluchtartig in sein Kinderzimmer." „Merkwürdig", sinniert Dr. Schwarz, „diese

Namen hat er noch nie erwähnt. Ob er wirklich in meinem Labor hantiert hat? Ich war lange nicht unten, weil ich im Institut so viel zu tun habe. Wollen wir zusammen in den Keller gehen?"

Im Keller bemerkt Dr. Schwarz sofort eine Veränderung. Die verschiedenen Tiegel stehen anders, als er es in Erinnerung hat. "Da", er blickt auf den Boden und bemerkt Reste einer Flüssigkeit. Stefan Schwarz nimmt mit einem Spatel etwas davon auf und gibt es unter das Mikroskop. Dann fährt er erschrocken zusammen. „Das ist die Lösung, die ich gerade im Institut teste", ruft er aus. „Damit wollen wir Tiere größer züchten, um den Hunger der dritten Welt zu lindern. Ich habe die ersten Versuche zu Hause gemacht. Mein Gott, ich hätte sie nicht hierlassen dürfen!" „Und wenn Timmy diese Lösung nun Igeln gegeben hat?" Claudia sieht ihn fragend an. „Das würde einiges erklären. „Ja", entgegnet Dr. Schwarz, „seine Mutter hat ihm einen Igel aus Plüsch geschenkt, kurz bevor sie verunglückte. Dieses Tier ist sein ein und alles und neulich war er sehr aufgebracht, als wir einen toten Igel auf der Straße gesehen haben." „Aber wo könnte er die Tiere verstecken? Ich habe sie vom Hubschrauber aus gesehen, aber dann die Spur verloren." Claudia blickt Stefan Schwarz ratlos an. „Ich glaube, ich weiß es", antwortet Dr. Schwarz", „am Ende vom Grundstück steht ein großer alter Schuppen, der seit langem unbenutzt ist. Kommen Sie." Stefan Schwarz geht völlig aufgelöst voran und Claudia folgt ihm.

Das Tor vom Schuppen steht weit offen. Dr. Schwarz stürzt hinein. Claudia bleibt wie angewurzelt draußen stehen. Der Schuppen ist leer. In einer Ecke steht eine

Plastikwanne, die mit Wasser gefüllt ist, daneben Reste von Hundetrockenfutter. „Timmy wollte neulich mehr Taschengeld", murmelt Stefan Schwarz „jetzt weiß ich, wofür er es brauchte. Aber wo sind die Igel?" „Ich glaube, ich sollte jetzt gehen und sie mit dem Jungen allein lassen." Claudia sieht Dr. Schwarz an. Dieser dreht sich plötzlich zu ihr um, nimmt sie in den Arm und küsst sie leidenschaftlich. Claudia will sich losreißen, doch dann lässt auch sie sich von ihren Gefühlen überwältigen und erwidert seinen Kuss. Es dauert lange, bis sie sich voneinander lösen. Keiner sagt ein Wort. Dann bricht Stefan das Schweigen. „Sehen wir uns morgen?" „Ich weiß nicht", flüstert Claudia aufgewühlt. Sie lässt Stefan stehen, läuft wie gehetzt zu ihrem Auto und steigt ein. Nachdem sie sich etwas beruhigt hat, startet sie den Wagen, um ins Büro zu fahren, aber ihre Hände zittern noch ein wenig.

Im Büro brennt noch Licht, Kommissar Stern hat auf sie gewartet. „Na, wie war's?", fragt er, schaut Claudia und sieht, dass sie rot wird. „Dieser Dr. Schwarz ist sehr charmant", bemerkt er trocken. „Sind Sie sich nähergekommen?" Claudia hat sich mittlerweile wieder unter Kontrolle und berichtet, was am Nachmittag geschehen ist. Kommissar Stern greift zum Telefon und ruft die Flugüberwachung an. „Heute Nacht sollte wieder eine Luftkontrolle stattfinden. Was meinen Sie?" Claudia stimmt ihm zu. „Gut", Kommissar Stern erhebt sich. „Ich habe alles in die Wege geleitet. Wir sollten Feierabend machen."

Doch aus dem friedlichen Feierabend wird wieder nichts. Kaum ist Friedrich Stern zu Hause, klingelt sein Telefon. Es ist Hauptkommissar Karl Beier von der Hubschrauberbereitschaft. „Was gibt's, Karl", fragt ihn Friedrich Stern. Was sein Freund

Karl ihm berichtet, verschlägt ihm den Atem. "Wir waren zu spät, Friedrich. Die Igel haben wieder zugeschlagen." „Wo?" Kommissar Stern brüllt ins Telefon. „An derselben Stelle", antwortet Karl Beier, „sie haben die Barriere überrannt und einen Streifenwagen erwischt, der Kontrolle gefahren ist." Friedrich Stern wird blass. Dass es nun Kollegen erwischt hat, nimmt ihm mehr mit, als er zugeben will. „Ich komme sofort", sagt er, knallt den Hörer auf die Gabel und ruft Claudia an. Sie ist gerade zu Hause angekommen. Eigentlich wollte sie einen entspannten Abend verbringen und sich über ihre Gefühle zu Stefan klar werden. „Soll ich Dr. Schwarz anrufen?", fragt sie Friedrich Stern. „Ja, er soll kommen und sich die Bescherung ansehen. Und er soll seinen verdammten Bengel mitbringen. Wir sehen uns gleich im Büro." Kommissar Stern ist wütend, mehr über sich selbst, weil er seine Gefühle nicht unter Kontrolle hat. „Meinen Sie nicht, das wäre zu hart? Der Junge ist zwölf." Claudia versucht, Kommissar Stern zu beruhigen, aber es gelingt ihr nicht. „Sie sagten doch, er sei für sein Alter sehr reif. Dann wird er es verkraften." Doch dann lenkt er ein: „Nein, bestellen Sie beide ins Büro. Nur der Junge kann uns helfen, die Tiere zu finden. Aber wir werden uns den Anblick unserer Kollegen auch nicht antun." Damit ist für ihn die Diskussion beendet. Seufzend legt Claudia auf und ruft Stefan an. Kommissar Stern greift erneut zum Hörer, um seinen Freund Karl anzurufen. „Hör mal Karl, ich glaube, es wird doch zu viel für mich und vor allem für Frau Braun. Wir kommen nicht raus. Du weißt ja, was zu tun ist." Erleichtert legt er auf, sein Freund Karl hat volles Verständnis für ihn.

Stefan sitzt nachdenklich zu Hause. Seit dem Tod seiner Frau hat ihn noch nie eine andere Frau interessiert. Kann es sein, dass ich mich wieder verliebt habe, denkt er. Ob Simone böse wäre? Nein bestimmt nicht. Sie wollte immer, dass ich glücklich bin. Und Timmy versteht sich auch gut mit Claudia. In diesem Moment klingelt das Telefon. „Hier ist Claudia." Ein Lächeln huscht über sein Gesicht, doch es verschwindet gleich wieder, als er hört, was sie berichtet. „Ich komme mit Timmy zu Euch", antwortet er und legt den Hörer auf. Dann geht er ins Kinderzimmer. Timmy ist gerade in ein Buch vertieft. „Timmy, darf ich dich mal etwas fragen?" Stefan blickt seinen Sohn ernst an. „Ja, Papa", zögernd blickt Timmy von seinem Buch auf. Stefan weiß nicht, wie er anfangen soll. „Was liest du da?" Er schaut auf den Buchumschlag. **Haltung und Pflege der Igel** steht dort. „Timmy", beginnt er erneut, „wer sind Romeo und Julia? Sind das etwas zu groß geratene Igel?" „Wie kommst du darauf Papa. Ich habe doch gesagt, dass ich mir das nur ausgedacht habe." „Wirklich Timmy, sei ehrlich. Ich will dir mal etwas zeigen. Du bist doch ein großer Junge." Stefan zeigt ihm die heutige Tageszeitung. „Wie lange soll das noch weitergehen? Wer oder was steckt hinter den mysteriösen Todesfällen?", lautet die Schlagzeile. Timmy erschrickt. „Du meinst, Romeo und Julia haben etwas damit zu tun?" „Wer sind Romeo und Julia?", fragt Stefan noch einmal. „Warst du etwa in meinem Labor?" „Ach Papa", Timmy fängt an zu weinen. „Ich war so wütend über die vielen toten Igel, aber das wollte ich nicht. Wirklich nicht." Dr. Schwarz schaut seinen Sohn fragend an: „Aber Timmy, woher wusstest du, dass ich dieses Mittel im Keller habe und vor allen Dingen, woher wusstest du, wie es wirkt?" „Dein Assistent war doch neulich hier", antwortet Timmy kleinlaut, „da habe ich etwas aufgeschnappt. Und ich weiß ja, dass du manchmal zu Hause experimentierst. Romeo und Julia waren doch so klein und schwach. Ich wollte sie nur ein wenig aufpäppeln." „Wo hast du sie versteckt?" Timmy schluchzt. „Ich hatte sie im alten Schuppen, aber sie sind weggelaufen." „Zieh dich an Timmy, wir fahren zu Kommissar Stern." „Wird Claudia auch da sein?" Timmy trocknet seine Tränen und greift zur Jacke. Stefan schaut ihn traurig an. Sein Junge tut ihm leid. Am liebsten würde er ihn in den Arm nehmen, aber er muss jetzt streng sein. „Sie ist sicher da, aber sie wird dir auch sagen, dass es falsch war, was du gemacht hast. Du bist doch sonst so klug. Hast du denn gar nicht nachgedacht?" Timmy greift stumm nach der Hand seines Vaters. Das tut er sonst nie. Gemeinsam verlassen sie das Haus und fahren zu Kommissar Stern.

Stefan klopft zögernd an die Tür des Kommissars. Timmy steht mit hängendem Kopf neben ihm. „Herein", hören sie eine ernste Stimme. Friedrich Stern blickt Timmy streng an. „So, so, du bist also Timmy. Und deine Freunde sind Igel? Wie heißen sie denn?" „Romeo und Julia", sagt Timmy leise. „Aha, schöne Namen. Aber wie ein Liebespaar benehmen sie sich ja nicht gerade." „Ich wollte das doch nicht", schluchzt Timmy wieder. „Das glaube ich dir, mein Junge." Kommissar Stern wirkt ungewöhnlich sanft. „Wir müssen aber trotzdem überlegen, was wir tun können. Wo können sie denn sein?" Timmy blickt Friedrich Stern an. „Sie sind bestimmt in den Wald gelaufen. Dabei habe ich sie immer gefüttert und ihnen frisches Wasser gegeben." Friedrich Stern hat eine Idee. „Meinst du, sie kommen zurück, wenn sie Hunger haben?" „Ganz bestimmt." Timmy trocknet sich die Tränen. „Ich stelle gleich eine große Schüssel Futter in die Scheune." „Was meinen Sie Frau Braun?" Friedrich Stern blickt Claudia an. „Wenn wir Posten aufstellen und die Scheune schließen, sobald die Igel wieder drin sind?" „Das ist eine gute Idee, Chef. Wenn sie Hunger haben, kommen sie bestimmt zurück."

Friedrich Stern greift zum Telefon und ruft die Bereitschaft an. „Können Sie zwei, nein sagen wir vier Leute entbehren für einen Sondereinsatz?" Nach kurzem Zögern kommt die Antwort: „Geht es um die mysteriösen Todesfälle? Na, ja, freiwillig wird sich keiner melden. Ich will sehen, was ich tun kann." „Ist gut", antwortet Stern, „die Männer", er lächelt, „oder Frauen sollen sich bei mir melden." Stern wendet sich an Dr. Schwarz: „Gehen Sie mit dem Jungen nach Hause. Aber wenn er das Futter hingestellt hat, soll er lieber in seinem Zimmer bleiben." „Ist gut." Dr. Schwarz verabschiedet sich und blickt Claudia lange an.

Als sie allein sind, sagt Friedrich Stern zu Claudia: „Ich habe einen Plan. Er wird dem Jungen nicht gefallen, aber es wird uns nichts anderes übrigbleiben. Wir mischen Gift unter das Futter. Sobald die Igel wieder im Schuppen sind, schließen wir das Tor und warten ab, bis sie verendet sind. Dann hat der Spuk hoffentlich ein Ende." Claudia blickt traurig. „Mir tut der Junge leid." „Mir auch", entgegnet Stern ernst, „aber in diesem Fall können wir keine Rücksicht nehmen." „Ja, das sehe ich ein, Chef." Es klopft an der Tür und herein kommen drei Mann und eine Frau von der Bereitschaft. „Na, da seid Ihr ja." Friedrich Stern gibt sich betont lässig. „Ich habe eine Spezialaufgabe, Igel einsperren." „Igel einsperren?" Einer der Männer, es ist Frank Grote, sieht ihn erstaunt an. „Wollen Sie uns auf den Arm nehmen?" „Nein, keineswegs", Stern blickt ernst, „Sie fahren mit Frau Braun zum Einsatzort. Sie wird Ihnen alles erklären." Zu Claudia gewandt sagt er: „Ich werde inzwischen sehen, wo wir Gift organisieren. Ich werde bei der Stadt nachfragen. Vielleicht kann man uns dort einen größeren Vorrat Rattengift zur Verfügung stellen."

Stern greift zum Telefon und Claudia verlässt mit den Bereitschaftspolizisten das Büro. „Hier Stern", hört sie den Kommissar noch. „Ich muss mal jemanden sprechen, der für die Rattenbekämpfung zuständig ist."

Claudia steigt in den Bereitschaftswagen und zeigt den Polizisten den Weg. Alle vier bombardieren sie mit Fragen, aber sie antwortet nur kurz angebunden. Ihre Gedanken sind bei dem Jungen. Doch dann schieben sich wieder die Bilder der Toten vor ihr geistiges Auge und sie erkennt, dass es keine andere Möglichkeit gibt, als die Igel zu vernichten.

Dr. Schwarz erwartet sie schon mit müdem Gesicht. „Frau Schmidt hat den Jungen mit zu sich genommen. Er soll nicht mitbekommen, was hier geschieht. Futter habe ich schon ausreichend besorgt."

Die Polizisten inspizieren die Scheune. „Am besten, wir stellen uns hinter das Tor und wenn die beiden Stacheltiere kommen, schnell zu", sagt Frank Grote. „Lieber wäre es mir schon, wenn das Giftfutter dann schon deponiert wäre." „Kommissar Stern will versuchen, dass es so schnell wie möglich hierhergebracht wird", beruhigt Claudia.

Wie auf's Stichwort klingelt es. Vor der Tür stehen zwei Mitarbeiter der Stadt. Jeder hat einen Sack auf dem Rücken. „Na, wie viel Ratten haben Sie denn im Haus? Das reicht ja für eine Invasion", begrüßt sie ein grobschlächtiger Mann mit lauter Stimme. Claudia weist den Männern den Weg zur Scheune. „Sie brauchen die Säcke nur abladen", erklärt sie ihnen, „den Rest übernehmen wir." Kaum liegen die Säcke, verschwinden die Männer. Die ganze Sache scheint ihnen nicht geheuer zu sein.

Stefan Schwarz hat seinen weißen Laboroverall, Handschuhe und Mundschutz angezogen. Gerade will er beginnen, das Futter mit dem Rattengift zu vermischen, da fällt ihm etwas ein. „Moment, ich habe eine Idee", murmelt er und verschwindet in sein Labor. Nach ein paar Minuten kommt er zurück. „Wusste ich doch, dass ich es noch habe." Er hält eine Flasche in den Händen mit der Aufschrift **Erster Versuch – nicht gelungen**. „Was ist das?" Claudia sieht ihn fragend an. „Ich habe ja lange experimentiert", erklärt Stefan ihr, „am Anfang ist genau das Gegenteil passiert. Die Tiere wurden kleiner, nicht größer. Wenn wir das zuerst ausprobieren, vielleicht funktioniert ja die Rückwandlung. Dann hätten wir hinterher auch kein Problem mit dem Abtransport." „Würden die Tiere das nicht vielleicht auch überleben? Timmy würde sich bestimmt freuen." „Ich fürchte nicht, die Organe werden es nicht verkraften. Und mir wäre es lieber, wenn wir zusätzlich das Gift in das Futter mischen. Doppelt hält besser. Wir dürfen jetzt nicht an Timmy denken, sondern an eine Lösung des Problems." Stefan Schwarz zieht die Wanne mit dem bereit gestellten Wasser zu sich und schüttet fast den gesamten Inhalt der Flasche hinein. „Etwas sollten wir auf-heben, sicher ist sicher", sagt er dann leise. In zwei weiteren Wannen mischt er das Futter mit dem Gift und stellt sie dazu. „So, das dürfte reichen", sagt er und schaut Claudia an. „Wollen wir drinnen warten und einen Wein zusammen trinken?" Nach Wein ist Claudia nicht zumute. „Ein Kaffee wäre mir jetzt lieber", sagt sie und folgt ihm ins Haus.

In der Küche bereitet Stefan den Kaffee. Beide sagen kein Wort. Er reicht ihr die Tasse. „Claudia", sagt er dann zu ihr, „was neulich zwischen uns geschehen ist. Ich weiß nicht, ob ich mich schon auf eine neue Beziehung einlassen will und kann. Aber meine Frau lebt seit zwei Jahren nicht mehr. Und manchmal wünsche ich mir schon wieder eine Frau, die ich in die Arme nehmen kann." „Oder eine, die dich in den Arm nimmt?" Claudia schmiegt sich an ihn.

„Bei dir hatte ich sofort ein vertrautes Gefühl. Es ist, als ob ich auf dich gewartet habe." Stefan gibt ihr einen langen Kuss.

In diesem Moment hören beide ein lautes Geräusch. Das Tor ist zugeschlagen. „Wir haben sie", schallt es aus Richtung Scheune und beide eilen dorthin. Vorsichtig schauen alle sechs durch das Fenster der Scheune. Die Igel haben wirklich riesige Ausmaße. „Jetzt kann ich mir vorstellen, dass diese Tiere die Kraft haben, einen ganzen Bus platt zu machen", flüstert Stefan Schwarz und die Polizisten bekommen große Augen.

Die Igel scheinen hungrig und durstig zu sein. Sie stürzen sich sofort auf die Wannen und verschlingen Futter und Wasser im Nu. Stefan hat seine Kamera mitgebracht und filmt die Tiere „Falls die Verkleinerung wirkt, wollen wir unserem Frankenstein und Kommissar Stern doch den Beweis nicht vorenthalten." Er lächelt gequält. „Wie lange dauert es etwa, bis es wirkt?" Claudia sieht Stefan beklommen an. „Bei der Größe der Tiere bestimmt vierundzwanzig Stunden", antwortet Stefan. „Können wir abrücken?", fragt Frank Grote, an Claudia gewandt. „Ich glaube, für Sie gibt es nichts mehr zu tun. Machen Sie Schluss. Und bitte, zu niemandem ein Wort." Die Vier ziehen erleichtert ab.

Stefan fasst Claudia an die Schulter. „Das Tor ist fest verschlossen. Wir können wohl drinnen warten", sagt er mit belegter Stimme. „Ich bin froh, dass Timmy nichts von allem mitbekommt. Möchtest du jetzt vielleicht ein Glas Wein?" „Jetzt gern", antwortet sie, „aber vorher will ich Kommissar Stern anrufen." Claudia wählt die Nummer des Kommissars und berichtet ihm. „Wenn es möglich ist, bleiben Sie bitte dort. Vielleicht ist der Spuk morgen früh zu Ende. Ich gehe nach Haus. Wenn irgendetwas ist, rufen Sie mich bitte an, egal, wie spät oder früh es ist." Mit diesen Worten legt Stern auf. Er sieht erschöpft aus. Heute versuche ich es noch mal mit der Pizzabestellung, denkt er, vielleicht kann ich sie in Ruhe essen. Zu Hause angekommen bestellt er gleich seine Lieblingspizza und schenkt sich ein Glas von dem Rotwein ein, der noch von der letzten Lieferung übrig ist. Doch so richtig schmecken will ihm sein Abendbrot wieder nicht. Angewidert schaut er auf seinen Teller. Die Tomatensoße und der rote Wein erinnern ihn sehr an die Toten. Ich glaube, ich sollte in Zukunft Weißwein trinken", seufzt er und holt sich ein Bier aus dem Kühlschrank.

Claudia und Stefan sitzen auf dem Sofa. In Gedanken versunken nippt Claudia am Wein. „Weißt du, Stefan", sagt sie dann, „so

schlimm die ganze Sache ist, ohne sie hätten wir uns wohl kaum kennen gelernt."
„Das ist wahr", antwortet Stefan und nimmt sie auf den Arm. Er zögert einen Moment. Dann trägt er Claudia ins Gästezimmer. Vorsichtig setzt er sie ab und bleibt unschlüssig an der Tür stehen. Claudia schaut sich um. „Das Bett ist breit genug", lächelt sie und zieht ihn an sich. Stefan hebt sie wieder hoch und trägt sie zum Bett. Behutsam beginnt er, ihre Bluse zu öffnen, streichelt sie zart, bedeckt Claudia mit Küssen und flüstert zärtlich ihren Namen. Claudia erschauert wohlig. Sie zieht ihn an sich. „Komm", flüstert sie. Ganz sanft dringt er in sie ein, als habe er Angst, sie zu verletzen. Dann bricht seine so lang angestaute Leidenschaft aus. Als beide zum Höhepunkt kommen, schreit Claudia leise auf.

Stefan löst sich von Claudia und schaut sie zärtlich an. „Nach Simone habe ich keine

Frau mehr begehrt", flüstert er leise. „Doch mit dir könnte ich mir eine Zukunft vorstellen. Und Timmy mag dich auch." Claudia lächelt. „Ich mag Timmy auch und seinen Vater noch mehr", antwortet sie. „Aber lass es uns langsam angehen." Dann schlafen beide erschöpft ein.

Stefan erwacht morgens um fünf. Claudia schläft noch fest mit einem Lächeln auf den Lippen. Behutsam, um sie nicht zu wecken, gibt er ihr einen Kuss auf die Stirn, nimmt seine Sachen und schleicht sich leise aus dem Zimmer.

Ganz langsam nähert sich Stefan der Scheune. Der Anblick lässt ihn das Blut in den Adern gefrieren. Beide Igel liegen verkrümmt auf dem Boden und geben kein Lebenszeichen von sich. Sie sind immer noch groß, aber es ist kein Vergleich zu ihrer Größe am Abend. Ob ich den Kommissar schon anrufen kann, überlegt er, entschließt sich dann zum Anruf, denn dieser hat ja gesagt, er könne zu jeder Zeit benachrichtigt werden.

Kommissar Stern ist sofort hellwach, als er das Telefon hört und stürzt aus dem Bett. Nachdem er sich den Bericht angehört hat, spricht er mit belegter Stimme: „Ich komme gleich. Frau Braun schläft noch?" „Ja", antwortet Stefan, „ich wecke sie gleich."

Stern legt auf. Vielleicht sollte ich gleich Frankenstein anrufen, überlegt er, warum soll er noch schlafen, wenn wir ständig wachsam sein müssen. Er greift wieder zum Hörer. Eine verschlafene Stimme erklingt am anderen Ende. „Hier Grausig, was gibt's?" „Wir haben sie", antwortet Stern. „Wollen Sie die Tierchen untersuchen?" „Ja, natürlich." Dr. Grausig ist aufgeregt. „Ich bin mit meinem Mitarbeiter sofort da."

Kommissar Stern geht schnell unter die Dusche und zieht sich an. Dann fährt er zu Dr. Schwarz. Dr. Grausig und sein Mitarbeiter warten schon vor der Tür. Claudia und Stefan Schwarz empfangen sie an der Haustür. „Donnerwetter", entfährt es dem Gehilfen von Dr. Grausig beim Anblick der toten Igel. Dann spuckt er in die Hände, zieht seine Handschuhe an und wuchtet sie auf die mitgebrachten Tragen, die Gott sei Dank mit Rollen ausgestattet sind, denn die Tiere sind immer noch verhältnismäßig schwer. Er fährt zuerst eine Trage und dann die zweite zum Wagen. Eine Hebebühne hebt sie in das Innere. „Na, dann ab", sagt Dr. Grausig betont munter. „Ich bin gespannt, wie die Tierchen so groß werden konnten." „Das ist noch gar nichts. Sehen Sie sich mal diesen Film an. So sahen sie gestern Abend aus." Dr. Schwarz zeigt seine Kamera. Stern hat bisher kein Wort gesagt. Beim Anblick der Bilder entfährt ihm dann doch ein verwunderter Ausruf. „Um Himmels willen, die hätten wir ja nie von hier wegbekommen. Wie haben Sie das gemacht, Sie Scharlatan?" Dabei versucht er, betont lässig zu wirken, was ihm aber misslingt. Dr. Schwarz gibt Stern die zwei Flaschen. „Vorher und nachher wie in der Werbung für Schlankheitsmittel." Er will lächeln, aber es gelingt ihm nicht. Dr. Grausig nimmt die Flaschen an sich. „Die nehme ich mit ins Labor." Dann fährt er mit seinem Mitarbeiter zur Gerichtsmedizin.

Drei nachdenkliche Menschen bleiben zurück. Dr. Schwarz ergreift als Erster das Wort: „Wollen wir jetzt erstmal frühstücken? Frau Schmidt hat vorgesorgt und gestern gut eingekauft." Er geht voraus in die Küche und Claudia und Stern folgen ihm.

Frau Schmidt hat wirklich gut eingekauft und zum ersten Mal seit langem essen auch

Claudia und Friedrich Stern mit gutem Appetit. „Endlich hat der Spuk ein Ende", bricht Stern als Erster das Schweigen, „jetzt müssen wir uns noch etwas Gutes für die Pressemitteilung überlegen. Aber das machen wir ganz in Ruhe." „Und Timmy?", flüstert Claudia und blickt zu Stefan. „Ich rufe gleich bei Frau Schmidt an und frage, wie es ihm geht." Stefan greift zum Hörer. Während des Gesprächs wird er blass. Er legt auf und schaut die beiden an. „Wie ich es vermutet hatte. Frau Schmidt hat für ihn das Gästezimmer vorbereitet. Darin hat er sich eingeschlossen. Erst heute Morgen konnte sie ihn bewegen, dass sie zusammen zur Schule fahren. Da ist er noch. Ich werde ihn nachher selbst abholen." „Kann ich mitkommen?" Claudia sieht ihn bittend an. „Ja, das ist vielleicht das Beste. Du scheinst ihm gut zu tun." Stern erhebt sich. „Ich fahre schon mal ins Büro zurück. Lassen Sie sich ruhig Zeit, Frau Braun. Wenn Sie meinen,

Sie können den Jungen allein lassen, kommen sie nach." Damit verabschiedet er sich und geht sichtlich erleichtert zu seinem Wagen.

Claudia und Stefan fahren zur Schule. Die Klassenlehrerin, Frau Sonnig, erwartet sie bereits. „Kann ich mit Ihnen sprechen, Dr. Schwarz? Allein?" „Reden Sie ruhig, Frau Braun darf alles mit anhören", erwidert Stefan. „Was ist mit Timmy?" „Er hat den ganzen Morgen kein Wort gesprochen", antwortet Frau Sonnig., „Er ist ja immer sehr still, aber heute. Was hat er? Können Sie mir das erklären?" „Das kann ich Ihnen jetzt nicht sagen. Aber ich rede mit Timmy. Es wird sicher wieder gut. Er macht gerade eine schwere Zeit durch. Wo ist er jetzt?" Stefan sieht sie fragend an. „In seiner Klasse, ich führe Sie hin. Die anderen Kinder sind schon gegangen. Er ist allein."

Timmy sitzt reglos auf seinem Platz. „Timmy, komm nach Hause", sagt Stefan zärtlich. Timmy blickt ihn an. „Was ist mit Romeo und Julia?" Claudia schaut zu Stefan, um ihm zu zeigen, dass sie sprechen will. „Timmy", sagt sie dann leise, „du weißt doch, was deine Igel angerichtet haben. Du musst jetzt sehr tapfer sein. Sie leben nicht mehr." Timmy schluchzt. „Kann ich sie noch einmal sehen?" „Nein, Timmy", Claudia lächelt ihn an. „Unser Gerichtsmediziner hat sie mitgenommen. Du weißt, wer das ist?" „Ja", erwidert Timmy, „er schneidet sie auf und untersucht sie. Das ist wichtig. Ich bin tapfer, Papa. Aber ich hätte sie schon gern behalten." Claudia geht einen Schritt auf ihn zu und will seine Hand ergreifen. Er zieht sie nicht zurück. „Du hast einen guten Einfluss auf ihn", flüstert Stefan.

Sie verabschieden sich von Frau Sonnig und verlassen die Schule.

Zu Hause werden sie von Frau Schmidt erwartet. „Timmy", sagt sie zu dem Jungen, „ich habe dir dein Lieblingsessen gemacht, Pfannkuchen, dick mit Zucker und Zimt." Der Junge ist ihr im Laufe der Zeit ans Herz gewachsen und tut ihr leid, auch wenn sie nicht ganz versteht, was passiert ist. Stefan hat sie vorerst nicht eingeweiht, sondern hat sie nur gebeten, auf ihn aufzupassen, weil zu Hause etwas Wichtiges zu erledigen sei, bei dem er stören würde. „Ich habe keinen Hunger", antwortet Timmy", „darf ich auf mein Zimmer gehen?" Claudia und Stefan schauen sich an. Dann streicht Stefan Timmy ganz vorsichtig über das Haar. „Ist gut mein Junge. Ich verstehe dich. Wir reden später über alles." Frau Schmidt schaut unschlüssig. „Und was ist mit meinen Pfannkuchen?" „Die kann man doch sicher aufbacken", sagt Claudia bemüht fröhlich. „Und wenn Sie erlauben, esse ich gern einen – oder auch zwei." Frau Schmidt ist selig und holt einen Teller voll Pfannkuchen aus dem Backofen. „Ich hatte sie ja warm gestellt. Doktor, Sie müssen auch etwas essen." Damit stellt sie den Teller auf den Tisch. „Ich darf mich dann verabschieden? Bis morgen früh. Ich hoffe, dem armen Jungen geht es dann besser." Frau Schmidt bindet ihre Schürze ab und verlässt das Haus. Stefan legt Claudia einen Pfannkuchen auf den Teller. „Komm, probiere, Frau Schmidts Pfannkuchen sind wirklich köstlich." Beide essen schweigend. Dann erhebt sich Claudia auch. „Ich muss zu Kommissar Stern." Stefan zieht sie an sich und gibt ihr einen langen Kuss. „Danke für alles", flüstert er.

Nachdenklich geht Claudia vor die Tür. Da fällt ihr ein, dass sie ja ohne Auto ist. Gerade will sie zurückgehen, da tritt Stefan aus der Tür. „Ich habe dir ein Taxi bestellt.

Es wird gleich hier sein." Claudia lächelt ihn dankbar an und stellt wieder einmal fest, wie gut sie harmonieren.

Das Taxi kommt und Claudia lässt sich ins Büro fahren. Dort berichtet sie, was vorgefallen ist. „Hm", sagt Stern, „der Junge wird hoffentlich bald darüber hinweg sein. Übrigens, ich habe für morgen zwölf Uhr eine Pressekonferenz einberufen. Kriminaloberrat Huber bestand natürlich darauf, dabei zu sein. Dr. Grausig kommt auch. Wir treffen uns ohne Huber morgen um acht, um unser Vorgehen zu besprechen. Bis dahin wird Dr. Grausig sicher seine Untersuchungen beendet haben. Auch Dr. Schwarz habe ich gebeten, zu kommen. Er kann uns noch genaueres über seine Forschungen erklären. Machen wir Feierabend. Darf ich Sie auf ein Bier einladen?" Claudia sieht ihn erstaunt an. Das hat er noch nie getan. Sie nimmt dankbar an, denn sie mag jetzt nicht allein sein.

Die kleine Kneipe **Zum Revier** ist gleich nebenan. Stern geht ab und zu auf ein Feierabendbier in das Lokal. Man kennt ihn. „Na Kommissar, wieder Mörder gefangen? Und heute in so hübscher Begleitung", wird er herzlich begrüßt. Betont fröhlich antwortet Stern: „Darf ich Ihnen meine Mitarbeiterin, Frau Braun, vorstellen? Wir hatten einen harten Tag und sehnen uns nach einem kühlen Bier." „Kommt sofort, Chef." Der Wirt eilt an die Theke und kurz darauf stehen zwei herrlich schäumende Gläser vor ihnen. Stern trinkt mit hastigen Zügen. Claudia zögert, doch dann nimmt sie auch einen großen Schluck. Das tut gut.

„Wissen Sie, Frau Braun", beginnt Stern, „ich bin froh, dass nun alles zu Ende ist. Noch mehr Tote hätte ich nicht verkraftet."

Plötzlich schlägt er sich an die Stirn. „In der ganzen Aufregung haben wir vergessen, noch einmal ins Krankenhaus zu fahren. Aber eigentlich brauchen wir das ja auch nicht mehr. Lassen wir den Fahrer in Ruhe." Stern bestellt noch ein zweites Bier. Claudia lehnt dankend ab, denn sie spürt schon die Wirkung.

Nach einer halben Stunde schaut Stern auf die Uhr. „Ich glaube, wir sollten jetzt nach Haus. Wollen wir uns ein Taxi bestellen? Morgen früh lasse ich Sie dann abholen, dann können Sie Ihren Wagen auch hierlassen."

Kurze Zeit später ist das Taxi da. Stern lässt den Fahrer zuerst zu Claudias Wohnung fahren. „Na, dann bis morgen um acht, Frau Braun", verabschiedet Stern sie, „versuchen Sie, zu schlafen." „Ja, gute Nacht,

Chef." Claudia steigt aus und sieht gedankenverloren dem Taxi nach. In ihrer Wohnung geht sie gleich ins Bett und fällt in einen unruhigen Schlaf.

Auch Stern schläft nicht gut. Er denkt an Kriminaloberrat Huber. Er hat sich hinter seinen Schreibtisch verschanzt und wird morgen groß auftrumpfen, denkt er böse.

Stefan Schwarz ist ebenfalls nachdenklich. Er ist noch einmal zu seinem Institut gefahren. Was habe ich nur angerichtet, denkt er verzweifelt. Dabei wollte ich doch der Menschheit helfen. Was mache ich jetzt mit den ganzen Zutaten? Ich kann sie ja schlecht in den Ausguss schütten. Kurz entschlossen öffnet er den großen Tresor, verstaut alle Flaschen und Gerätschaften darin und versperrt ihn. Dann wählt er eine neue Kombination. Er verlässt das Labor, schließt ab und steckt den Schlüssel ein.

Langsam geht er zum Ausgang. Der Pförtner will ihm ein fröhliches Gute Nacht zurufen, verkneift es sich aber, als er in Stefans graues Gesicht sieht. „Herr Kruse", bittet Stefan den Pförtner, „ich komme morgen später. Wenn mein Assistent kommt, sagen Sie ihm bitte, unsere Versuchsreihe ist abgebrochen. Er kann nach Hause gehen. Ich melde mich bei ihm." Herr Kruse nickt ihm zustimmend zu und schaut Stefan erstaunt hinterher.

Stefan Schwarz verlässt das Institut und fährt nach Hause. Vorsichtig öffnet er das Kinderzimmer. Timmy schläft, im Arm hält er seinen Plüschigel. Ganz leise schließt er die Tür wieder. Auch er schläft diese Nacht nicht gut. Wie soll es weitergehen? Mit Claudia und mir? Mit Timmy? Vielleicht sollte ich mit ihm ins Tierheim gehen, um einen Hund oder eine Katze auszusuchen, geht es ihm durch den Kopf.

Pünktlich um acht treffen sich alle vier in Sterns Büro. Stefan Schwarz hat seine Forschungsergebnisse mitgebracht. Dr. Grausig liest sie interessiert. „Doktor", sagt er dann, „das hätte wirklich eine großartige Sache sein können. Aber in den falschen Händen kann es auch zur Katastrophe werden. Und noch etwas, meine Untersuchung hat ergeben, dass die Tiere ein Gift in sich trugen, das tödlich sein kann. Vielleicht hat das die Kombination mit beiden Mitteln ausgelöst. Das werden wir wohl nie herausbekommen. Ich weiß auch beim besten Willen noch nicht, wie wir sie entsorgen." Stefan Schwarz blickt Dr. Grausig traurig an. „Darüber können wir gemeinsam nachdenken. Wichtig ist, dass niemand mehr an die Lösungen kommt. Ich habe alles in den Tresor geschlossen. Die Kombination kenne nur ich." „Dann werde ich Ihnen die beiden Flaschen, die sie mir gegeben haben, auch bringen, Dr. Schwarz. Es ist vielleicht besser, wenn sie zusammen sind." Dr. Grausig blickt in die Runde. „Und was sagen wir der Pressemeute nun?"

In diesem Moment öffnet sich die Tür. Kriminaloberrat Huber tritt in das Zimmer und schwenkt triumphierend ein DIN A4 Blatt. „Frau Braun, meine Herren", beginnt er dann, „ich habe schon einmal den Text für die Pressekonferenz aufgesetzt. Und ich bestehe darauf, dass ich allein spreche. Wir lassen uns nicht provozieren. Kurz und knapp, nur das Nötigste, damit die Bevölkerung weiß, dass keine Gefahr mehr besteht." Huber überreicht Stern sein Blatt und dieser liest laut vor: „Meine Damen und Herren! Ich darf Ihnen folgendes mitteilen. Aus einem Labor sind Igel ausgebrochen, die zu Forschungszwecken gezüchtet wurden und eine immense Größe erreicht hatten. Diese Igel haben die vielen Menschen auf dem Gewissen. Sie haben die Fahrzeuge einfach platt gewalzt. Aber die Gefahr ist gebannt. Kommissar Stern und seine Mitarbeiterin haben unter meiner Leitung die Tiere vernichtet. Es besteht also keine Gefahr mehr. Bitte geben Sie das so weiter." „Das wollen Sie sagen? Meinen Sie, die Medienvertreter geben sich damit zufrieden?" Stern schaut unschlüssig und Huber antwortet wütend: „Die sollen froh sein, dass wir ihnen überhaupt etwas sagen. Nach ein paar Wochen kräht kein Hahn mehr nach der Sache." „Außer die Angehörigen der Toten", flüstert Claudia, aber Huber hört gar nicht hin.

Die Pressekonferenz beginnt. Claudia, Stern und Huber betreten den Saal. Es wird unruhig. „Ist die Sache denn nun ausgestanden? Hat sich alles aufgeklärt?" Das ist wieder Max Hahn, der als erstes das Wort ergreift. Huber trägt seinen Text vor. Wie erwartet gibt es Tumult, den er aber sofort im Keim erstickt. „Meine Damen und Herren, ich muss doch sehr bitten. Bringen Sie die gute Nachricht schnell an die Öffentlichkeit. Es kann wieder problemlos auf allen Autobahnabschnitten gefahren werden. Und jetzt entschuldigen Sie uns. Guten Tag." Kriminaloberrat Huber steht auf und deutet Claudia, Stern und Dr. Grausig an, es ebenfalls zu tun. Alle drei verlassen den Saal und lassen eine verdutzte Presseschar zurück.

Dr. Stefan Schwarz steht unschlüssig auf dem Flur und schaut Claudia an. „Und wie geht es mit uns weiter?" Claudia zieht ihn zur Seite und gibt ihm einen flüchtigen Kuss. Dann geht sie mit Kommissar Stern ins Büro.

Epilog

Eine Höhle am Rande der Autobahn. Drinnen tummeln sich fünf junge Igel. Sie sind ungewöhnlich groß für ihr Alter.

ElviEra Kensche
wurde 1952 in Bad Salzdetfurth
geboren und lebt heute in Hildesheim.
Sie ist Mitglied bei den
Hildesheimlichen Autoren e.V.
und im Verein der Schriftstellerinnen
und Künstlerinnen Wien.
Bisherige Veröffentlichungen,
Neuigkeiten und aktuelle Texte unter
www.elvieras-schreibfeder.de

Zeitfracht Medien GmbH
Ferdinand-Jühlke-Straße 7
99095 Erfurt, Deutschland
produktsicherheit@kolibri360.de